승소머신 강변호사

승소머신 강변호사 6
가프 장편소설

초판 1쇄 찍은 날 § 2018년 5월 15일
초판 1쇄 펴낸 날 § 2018년 5월 22일

지은이 § 가프
펴낸이 § 서경석

총괄팀장 § 최하나
편집책임 § 이선근
편집 § 김슬기

펴낸곳 § 도서출판 청어람
등록번호 § 제387-1999-000006호
등록일자 § 1999. 5. 31
어람번호 § 제1-2900호

주소 § 경기도 부천시 부일로 483번길 40 서경B/D 3F (우) 14640
전화 § 032-656-4452 팩스 § 032-656-4453
http://www.chungeoram.com
E-mail § chungeorambook@daum.net

ISBN 979-11-04-91730-1 04810
ISBN 979-11-04-91610-6 (세트)

승소머신 강변호사

6

가프 장편소설

FUSION FANTASTIC STORY

승소머신
강변호사

Contents

1. 도끼를 믿으면 안 되는 이유 • 7

2. 내 눈을 감겨다오 • 47

3. 진실은 잠들지 않는다 • 73

4. 날개 잘린 발레리나, 날개 단 격투기 선수 • 113

5. 부처님도 용서 못 할 장면 • 153

6. 망자(亡者)의 500억대 상속재산 반환소 • 181

7. 유언장이 웬수 • 209

8. 연습이 실전이 되다 • 237

9. 4 하나의 묘수 • 271

10. 타투가 억울해 • 289

1. 도끼를 믿으면 안 되는 이유

이틀 후 창규네 멤버들은 홍콩행 비행기에 올랐다. 2박 3일짜리 여정이었다. 창규로서는 그동안 고생한 직원들에 대한 보답이었다. 특히 이번 사지사건에서 사무장과 일범의 심장을 떨어뜨릴 뻔했던 창규였다.

때마침 신보라에게서 제의가 들어왔다. 지난번 이혼소송의 승소에 대해 보답을 하고 싶다는 것. 신보라의 제의는 창규 부부의 유럽 일주권 두 장이었다. 하지만 순비의 건강상 해외 여행은 무리였다. 거절을 하자 억지로 강행할 기세로 나오는 신보라였다. 별수 없이 대안을 제시했다. 그게 바로 직원들과 함께 가는 주말 홍콩 여행이었다.

"와아아!"

제일 좋아한 건 미혜였다. 그렇잖아도 홍콩 노래를 부르던 미혜. 이런 행운이 돌아오니 날아갈 듯 보였다. 물론 호텔도 한몫을 했다. 신보라가 예약해 준 호텔은 별 다섯 개짜리 그랜트 하얏트 호텔이었다. 바다를 접해 자리 잡은 호텔은 홍콩 야경을 볼 수 있는 최고의 포인트로도 꼽혔다. 거기에 조식과 석식 또한 판타지아 그 자체…….

"와아아!"

공항에서 내려 픽업 나온 세단을 탄 미혜, 옆으로 스쳐 가는 2층 버스의 물결을 보고 또 한 번 자지러졌다.

"아, 미혜 씨는 2층 버스 따로 태워 보낼걸 그랬네."

상길이 괜한 면박을 주었다.

"난 그래도 돼요. 그래도 대만족이라고요."

미혜는 결코 기가 죽지 않았다.

"와아아!"

객실에 들어선 미혜는 또 한 번 즐거운 비명을 질렀다. 미혜와 사무장이 쓰게 될 슈페리어 룸의 침대는 왕실 분위기였다. 게다가 그 앞으로 툭 터진 바다의 비경. 미혜는 자기 침대로 몸을 날리고는 일어나지 않았다. 즐거움으로 사지가 마비되어 버린 것이다.

"와아아!"

저녁 식사에서 미혜는 또 한 번 까무러쳤다. 무한 리필 '랍스터' 때문이었다. 그것들의 앞발은 미혜의 주먹보다도 컸다. 미혜는 앉은 자리에서 세 마리를 해치웠다.

"미혜 씨."

보다 못한 상길이 눈치를 주었다.

"왜요? 상길 씨도 많이 먹어요."

미혜는 아랑곳하지 않았다. 레스토랑의 실내장식도 격조가 높았다. 창규는 비로소 휴식이 주는 즐거움을 실감했다. 팽팽한 긴장을 내려놓고 즐기는 낯선 이국의 시간. 엔돌핀이 팍팍 분출되는 것만 같았다.

"어!"

랍스터의 살점을 발라내던 일범이 문득 고개를 들었다.

"왜?"

창규가 물었다.

"잠깐만요."

일범이 자리를 털고 일어났다. 창가의 테이블로 걸어간 그가 한 커플에게 인사를 건넸다. 커플의 남자는 체구가 우람했다. 다져진 근육은 그가 운동선수임을 짐작하게 해주었다. 그러나 그 옆 여자는 발레리나인 듯 조각 같은 몸매가 대조를 이루었다.

"상길 씨, 잠깐만!"

일범이 상길을 불렀다. 일범은 상길에게 기념 촬영을 부탁했다.

"누구야?"

일범이 돌아오자 창규가 물었다.

"모르세요? 제가 좋아하는 격투기 선수 김충광인데 이런 데서 다 만나네요. 결혼 2주년 기념으로 쉬러왔다는데요."

"권 변이 격투기 좋아해?"

"병원 신세 질 때 꽂혔잖아요. 처음에는 좀 과격하다 싶어 좋아하지 않았는데 보다 보니 매료가 되더라고요."

"어유, 홍콩까지 와서 무슨 격투기예요. 여기서 스타의 거리가 가깝다던데 거기나 가요."

사무장이 일어섰다.

"저는 콜이에요."

미혜가 날름 따라붙었다.

"끼요오!"

"아뵤!"

영화의 거리는 바닷가에 있었다. 일범과 상길은 이소룡의 동상 앞에서 개폼(?)을 잡아댔다.

"변호사님도 오세요. 인증샷 한번 찍자고요."

상길이 창규 손을 끌었다. 결국 창규까지 개폼 대열에 합류

하게 되었다.

"아뵤!"

생각지도 못한 비명을 지르며 단체 사진 한 방 찰칵!

홍콩은 세 개의 권역이었다. 공항 쪽 섬과 홍콩 섬, 그리고 구룡반도의 끝자락. 그리 넓지 않아서 이틀 여정으로 충분했다. 다음 날은 홍콩의 명물이라는 피크 트램에 올라 활개를 쳤고 다음 날은 구룡반도의 사이쿵을 활보했다. 그러다 골동품 시장을 지났다. 창규의 시선은 거기로 향했다. 멤버들에게 잠시 양해를 구해지만 그들이 대답은 다르게 나왔다.

"우리도 골동품 구경할래요."

막강 케미를 자랑하는 스타노모다웠다.

홍콩의 골동품 시장은 규모가 컸다. 한국 것으로 짐작되는 물건들도 많았다. 저 중에 아버지의 손길이 스쳐 간 것도 있을까? 창규는 홍콩에서 아버지도 만난 셈이었다.

"으아, 역시 남는 건 사진뿐이구나."

호텔로 돌아올 때 일범이 너스레를 떨었다. 다들 표정이 좋아 보였다. 창규는 오너로서의 뿌듯함을 느끼는 동시에 신보라에게 고마움을 잊지 않았다.

[홍콩입니다. 직원들이 너무 좋아하네요. 정말 고맙습니다.]

인사와 함께 아뵤 단체 사진 인증샷을 문자로 보내는 창규.

"그래도 역시 최고는 김충광이네. 어때요? 같이 있으니 저도 격투기 선수 같지 않습니까?"

일범이 첫날 사진을 띄워 보였다.

"오버야. 고목나무에 매미같잖아."

"에이, 얼굴을 보셔야죠, 얼굴. 그래도 얼굴은 제가 김충광보다 한결 낫죠?"

"얼굴?"

격투기 선수와 권일범의 얼굴.

"아니, 얼굴도 이 선수가 더 나은데?"

"선배님, 진짜 그러시깁니까? 이 선수는 코가 매부리과잖아요?"

"내가 볼 때는……!"

다시 화면을 보던 창규가 숨을 멈췄다.

"그렇죠?"

강조하는 일범에게서 핸드폰을 받아 들었다. 창규는 천천히 화면을 키웠다. 김충광의 얼굴이었다.

'헐!'

입에서 쇳소리가 새어나왔다. 화면을 밀어 김충광의 와이프를 중앙에 맞췄다.

'헐!'

소리가 이어졌다. 뜻밖의 장소에서 뜻밖에 보게 되는 글자였다. 이제는 눈에 익을 만도 하건만 볼 때마다 심쿵하는 것만은 어쩌지 못하는 창규.

破!

젊은 부부의 볼에 새겨진 수임 신호였다. 혼귀왕들의 의뢰.

'젠장, 홍콩까지 좇아와서 의뢰를 한단 말인가?'

"왜 그러세요?"

창규가 주춤거리자 사무장이 물었다.

"아니에요. 부부가 잘 어울려 보여서……."

창규는 대충 둘러대 버렸다.

다음 날 아침, 창규는 레스토랑에 오래 머물렀다. 다른 사람들은 식사를 마치고 객실로 올라갔다. 이제 짐을 꾸려 귀국해야 할 시간. 하지만 확인하고 싶은 게 있었다.

김충광 부부.

둘은 아직 아침 식사를 하지 않았다. 그건 카운터에서 확인했다. 그래서 기다리는 것이다. 혼귀왕의 의뢰가 틀릴 리 없지만 사진으로만 보았으니 확인하는 게 당연했다.

아침 식사 시간은 아침 9시 30분까지. 부부는 9시가 조금 넘어서야 모습을 드러냈다. 여자의 모습은 시원했다. 뭘 걸쳐도 예술이 되는 몸매. 나중에 알았지만 그녀는 꽤 유망했던 발레리나였다. 김충광은 아내를 끔찍이 챙기며 창규를 스쳐 갔다. 그야말로 공주님 대우다. 한편으로는 이해가 되었다. 우락부락한 김충광에 비해 여자는 조각 미녀. 김충광에게는 공주보다 소중한 존재일 수 있었다.

"……!"

거기서 에피소드가 일어났다. 아내를 위해 랍스터 샐러드를 집던 김충광이 중국인과 마주친 것이다. 김충광은 선량한 미소로 양보를 했다. 두 명, 세 명……. 그 뒤로 10여 명이 따라붙었다. 중국인들은 단체 관광객이었다. 양보가 지나친 김충광. 덕분에 샐러드가 동이 나고 말았다. 김충광은 뻘쭘한 미소로 아내에게 돌아갔다. 아내의 따가운 눈초리를, 김충광은 헤픈 미소로 모면했다.

"기도나 해요."

아내의 목소리는 각이 뾰족했다. 김충광은 두 손을 꽉 끼고 기도 포즈를 취했다. 하지만 서툴다. 아내가 독실한 신자인가? 그쯤에서 볼을 보았다. 波는 틀리지 않았다. 부부의 볼에 나란히 떠오른 것. 남자보다는 여자의 것이 더 강렬했다.

'여자 쪽이라…….'

조금 뜻밖이다.

일어서며 한 번 더 확인을 했다. 남자는 야성과 박력의 상징 같은 마스크, 여자는 가녀리고 청초한 풀잎 같은 이미지. 겉보기에는 남자 쪽 일탈 가능성이 더 높은 그림. 그런데 여자의 흔적이 더 강하다니? 스쳐 가는 동안 김충광은 아내 앞에 랍스터 샐러드를 가져다 놓았다. 흡족해하는 그녀의 볼에서 破가 홍콩 야경처럼 반짝거렸다.

이유 불문!

'새 의뢰를 접수합니다.'

창규는 비로소 레스토랑을 떠났다.

* * *

귀국 이튿날, 창규와 일범은 공판장에 나갔다. 일범이 맡아 진행하던 애완견 안락사 소송 건이었다. 원고는 시각장애를 가진 장년의 아주머니. 무릎 연골 수술을 받으면서 애완견을 아는 할머니에게 맡겨놓았다. 그런데 이 할머니 아들이 갑자기 교통사고를 당해 허겁지겁 달려가면서 개가 튀어나갔다.

동네 할아버지들, 장기를 두다 개를 발견하게 되었다. 하루를 헤맨 개는 꼴이 말이 아니었다. 할아버지들은 주인 없는 개인 줄 알고 된장을 발라 꿀꺽해 버렸다.

수술을 끝내고 온 아주머니가 그 사정을 알게 되었다.

—내 새끼를 먹다니?

—인간도 아닌 것들.

애완견에 대해서는 말도 많고 탈도 많지만 이 아주머니의 포지션은 아들 취급 쪽이었다. 격노한 아주머니는 두 할아버지를 상대로 위자료 청구 소송을 원했다. 하지만 개는 위자료 청구권의 귀속 주체가 아니었다. 대법원의 2013년도 선고와 2012년 모두 다 판결 취지도 그랬다.

결국 창규가 대안을 제시했다. 애완견을 잃은 마음은 이해하지만 승산이 없는 싸움. 개나 아주머니의 자존심을 위해서라면 차라리 개 주인으로서 재산적, 정신적 피해를 청구하고 그 돈으로 개의 명복을 빌어주는 게 실리적이었다. 아주머니가 그 제안을 받아들였다.

"원고에게 360만 원을 배상할 것을 선고합니다."

재판장의 선고가 끝나자 두 할아버지가 고개를 떨구었다. 그들이 성장한 시기에는 어쩌면 죄가 되지 않았을 수도 있는 일. 그러나 무섭게 변한 세월을 좇아가지 못한 것이다.

"수고했어. 일찍 퇴근하라고."

창규는 일범을 먼저 챙겨 보냈다. 약속이 있었다. 장혜교와의 선약이 다가온 것이다. 약속 시간이 되기 전에 상담 목록을 꺼내 들었다. 이번 소송은 서해 섬의 중학교 교감이 주인공이었다. 그 또한 자살로 결백을 주장했다. 무려 전교생 집단 성추행 건으로 몰려 정식 징계 직전에 목숨을 던진 것. 유가족들은 인권 센터와 도 교육청을 대상으로 명예회복과 함께 배상을 원했다.

그렇잖아도 소송이 밀린 스타모노. 멤버들 간의 투표를 거쳐 결정한 수임이었다. 이 결정에는 특히 미혜가 적극적이었다. 지난번 양명화 건을 결정할 때보다 더 그랬다. 그녀의 아버지도 비슷한 아픔이 있다더니 그 영향으로 보였다.

'어쩌면 지구는 대지가 아니라 사연으로 이루어진 건지도……'

상담지를 내려놓고 아버지의 골동품 목록으로 바꿔 들자 기분이 묘해졌다. 오해와 비난, 누명과 단정.

한번 휩쓸리면 벗어나기 힘든 것.

설령 벗어난다고 해도 그 얼룩이 지워지지 않는 것.

장혜교와의 약속 장소로 향하며 아버지의 골동품 목록을 상기했다.

고려시대 청자 죽순형 주자.

고려시대 일월관음도.

조선시대 왕의 투구.

조선시대 공주의 은장도.

100동자도.

18세기 청화백자 수복강녕.

산수화 소상팔경전도.

금동불입상.

몇 가지는 검색을 통해 확인도 했다. 똑같은 것은 아니지만 유사한 골동품들이 있었던 것이다. 어쩌면 골동품을 보는 혜안도 소송을 가려내는 눈과 다르지 않을 것 같았다. 이제는 무수하게 뒤섞여 버린 중국의 짝퉁들. 그 속에서 진품을 골라내야 한다. 그건 곧 소송의 맥락을 짚어내는 것과도 통하는 일이었다.

"강 변호사님!"

호텔에 들어서자 장혜교가 손을 들었다. 단아하게 차려입은 그녀는 혼자였다. 이강풍은 아직 오지 않은 모양이었다.

"제가 좀 늦었네요."

"아니에요. 제가 먼저 도착한 거죠."

"분위기 좋은데요?"

"음식 맛도 좋다고 하네요. 원하시는 거 있으면 말씀하세요."

"아닙니다. 오늘 손님이 베이징 카오야 좋아한다면서요."

"그게 뭐 대수예요? 그분은 베이징 카오야 먹고 우리는 다른 거 먹으면 되는 거죠."

"저는 오늘 깍두기로 왔으니 그냥 끼어 가겠습니다."

"어머, 저기 오네요."

대화 중에 장혜교가 고개를 들었다. 테이블 앞에 다가선 건

60대의 남자였다. 삭풍에라도 단련된 것인지 구릿빛 피부가 시선을 끌었다.

"앉으세요."

장혜교가 자리를 권했다. 이강풍은 꾸벅 목 인사를 하고 의자를 당겨 앉았다.

"여긴 저희 직원이세요."

장혜교가 창규를 소개했다. 이강풍은 또 한 번의 목 인사로 화답했다.

이강풍.

그가 노트북을 열었다. 동영상이 올라왔다. 척 봐도 진귀한 골동품들이었다. 그는 길게 말하지 않으면서도 상황을 리드하고 있었다. 나는 이런 물건이 있어. 니가 안목이 있으면 배팅해. 그런 표정이었다.

'이강풍…….'

그 체취에서 아버지의 기억이 피어올랐다. 아버지 또래였다. 이 사람이 아버지를 안다. 어떤 사이일까? 이 사람의 섭취물은 아버지를 기억하고 있을까? 귀한 쌍식귀의 능력. 몇 번이고 만지작거렸다. 수임이 아니다. 만약 이 사람 섭취물에 아버지에 대해 별다른 기록이 없다면…….

창규는 고개를 저었다. 그래도 아버지였다. 설령 이 사람의 기억 속에 아버지가, 그저 막걸리 한 잔의 기억으로 남았다고 해도 보고 싶었다. 창규의 시작이 아버지니까.

쌍식귀…….

두 식귀를 불러냈다.

부탁해.

강태붕.

아버지 이름을 넣었다.

강태붕…….

강태붕…….

리딩의 시작은 식용이었다. 다행히 폴더가 있었다. 천천히 열었다. 혹시라도 사라질까 조심스럽게.

[돼지야채곱창]

[두부김치]

[파전]

[짜장면]

[냉면]

[옻닭]

몇 가지 음식물 폴더가 나왔다. 맨 처음 것이 최대 용량이었다. 돼지야채곱창을 가장 선호한다는 얘기였다.

[막걸리]

[소주]

[맥주]

술은 막걸리가 앞에 걸렸다. 그것들을 날짜순으로 배열했다.

[첫 만남]

서두르지 않았다. 장혜교과 이강풍의 분위기로 보아 한 5분 만에 뚝딱 헤어질 건 아닌 것 같았다. 더구나 아직 베이징 카오야도 나오지 않은 상황.

낡은 술집이 눈에 들어왔다. 80년대였다. 창밖으로 시위대의 구호 소리가 들렸다. 최루탄 발사 소리도 들렸다.

"오는 날이 장날이네요."

첫마디는 이강풍의 입에서 나왔다. 목소리는 살짝 가물거렸다. 시차 때문이다. 수십 년 전의 정보이다 보니 최근 섭취물처럼 청명하지는 않았다. 테이블에는 모두 세 명이 앉았다. 이강풍과 강태붕, 그리고 이강풍이 모시고 나온 골동품 전문상 서상모…….

"관광경영학과를 나왔다고?"

서상모가 물었다. 벙거지를 눌러 쓴 그는 40대 후반쯤 되어 보였다. 따라준 막걸리를 단숨에 마셔 버린다.

"예."

강태봉이 대답했다. 오랜만에 듣는 아버지 목소리였다. 창규는 코가 시큰해지는 걸 참았다.

"그럼 호텔 같은 데 가지 골동품은 왜? 이거 노가다에 개고생하는 직업인데……."

"이 친구가 중국하고 캄보디아를 한 달 정도 돌고 왔는데 거기 거리에서 파는 유적물에 맛이 갔답니다. 그래서 제 뒤를 졸졸 따라다니며……."

이강풍이 끼어들었다.

"너야 애당초 공부 안 한 놈이지만 대학까지 나와서……."

서상모는 마뜩치 않다는 표정이다.

"실은 저희 선친께서도 수집이 취미셨습니다. 이런저런 물건들을 방 안 가득 모으셨거든요."

"그래?"

"주제넘지만 제가 고전 강의를 듣다 보니 우리나라 골동품들이 외국에서 길을 잃은 게 많다고 하더군요. 그걸 좀 찾아보고 싶기도 하고요."

"이 친구가 이렇다니까요. 생각하는 게 저하고는 딴판입니다. 물론 뭘 모르는 순진한 생각이긴 하지만요."

다시 이강풍이 목소리를 냈다.

"중국말을 할 줄 안다고?"

서상모가 아버지에게 물었다.

"유창하지는 않아도… 이번에 중국 다녀오면서 조금 늘었습니다."

"뭐 그럼 같이 일해보자고. 다시 말하지만 이건 학력도 필요 없고 안목에 배짱, 전 싸움이야. 월급도 많이는 못 주니까 좀 하다가 못 해먹겠으면 말하라고."

"고맙습니다."

아버지 강태붕이 일어나 인사를 했다. 요즘으로 치면 취직이 되는 과정이었다.

"야야, 축하한다. 대신 너 대학물 먹었다고 나한테 기어오르면 죽음이다. 여기서는 내가 선배니까."

서상모가 떠나자 이강풍이 소리를 높였다. 둘은 고등학교 동창이었다. 이렇게 연결이 되는 걸 보면 꽤 친한 사이로 보였다.

기원을 알았으니 본론으로 접근했다.

밀수.

리딩의 시작은 담배가 맡았다. 담배 연기 자욱한 첫새벽이었다. 시골 산자락의 한 지점에서 두 대의 차량이 만났다. 여전히 젊은 이강풍이 보였다. 그 옆에 서상모가 있었다. 라이트를 끈 코란도에서도 두 명의 남자가 내렸다. 그들이 보자기에 싼 물건을 건네주었다. 받아든 이강풍이 서상모에게 넘겼다. 서상모가 차로 가져가 감정을 시작했다.

끄덕!

밖으로 나온 서상모가 신호를 보냈다. 이강풍은 들고 있던 가방을 건넸다. 남자들이 지퍼를 열자 푸른 만 원권이 바글거렸다.

"좋은 물건 나오면 또 부탁합니다."

서상모가 인사를 건네고,

"거 다음에는 쩐 좀 잘 쳐주쇼. 맨날 후려치지 말고."

남자들은 떨떠름한 표정을 지었다.

"나도 이거저거 빼고 나면 남는 거 없습니다."

서상모는 노련하게 응수했다. 두 대의 차량은 아무 일 없는 듯 서로 반대편으로 움직였다.

"담배 좀 그만 피워!"

조수석의 서상모가 이강풍에게 말했다. 서상모가 '물건'을 들어보았다. 수박만 한 불상이었다.

"고려 때 거 맞습니까?"

담배를 내던진 이강풍이 물었다.

"3천만 원은 먹을 거 같다."

"안국동 이 회장님 댁으로 갑니까?"

"이런 물건은 오래 가지고 있으면 안 돼. 빨리 넘기고 한잔 빨아야지."

"하긴 그 영감탱이 눈 빠지게 기다리고 있을 겁니다."

"밟아라. 이것도 애국이니까."

"애국요?"

"얌마, 우리가 아니었으면 중국 놈들이 일본으로 빼돌렸을 거다. 그러니 애국이 아니고 뭐냐?"

"그, 그렇네요?"

"그러니까 자부심을 가져라. 우린 애국 투사야. 독립 유공자 혜택 못 받는 애국 투사."

"하여간 말발은……."

"그건 그렇고 그 친구 어때?"

"태붕이 말입니까?"

이강풍의 입에서 아버지 이름이 나왔다. 창규는 귀를 쫑긋 세웠다.

"아직 물이 덜 들었잖아? 저번에도 밀수 이야기가 나오니까 표정이 확 변하던데?"

"돈맛을 못 봐서 그러죠. 쩐 받으시면 룸살롱 데려가서 한 번 더 녹이세요. 바람은 제가 잡을 테니까요."

"말난 김에 내일 저녁에 만나자. 다음 건이 있는데 이번에는 그 친구가 필요해. 중국에 좀 다녀와야 하거든."

"중국 가는 거면 제가?"

"미친놈. 넌 별이 있잖아? 그 새끼들 비자 발급 깐깐한 거 몰라? 그 친구는 대학도 나오고 중국어도 하니까 문제없지."

"아, 진짜… 그 별이 누구 때문에 단 건데요?"

투덜거리는 이강풍 앞에 돈 봉투가 던져졌다. 이강풍의 불만은 담배 연기처럼 금세 사라졌다.

저녁.

이 단어는 마음에 걸렸다. 그래서 시간 옵션으로 리딩에 착수했다. 그들이 룸살롱에서 다시 만난 건 그날 저녁 9시 반이었다. 두 사람이 먼저 만났고 강태봉은 10시 경에야 도착했다. 술을 마시고 여자들이 들어왔다. 아버지의 룸살롱을 엿보는 건 기분이 묘했다.

'죄송합니다.'

혼잣말로 중얼거렸다.

룸살롱 안은 분위기가 금세 달아올랐다. 값비싼 양주가 세 병째 비어나갔다. 그제야 이강풍이 슬슬 바람을 잡았다. 아버지가 정색하는 게 보였다. 이강풍이 거기다 쐐기를 박았다.

"야, 인생 두 번 사냐? 이 바닥에서는 무역이 필수야."

무역… 그들이 쓰는 밀수의 은어였다.

"그래도 그건 못 해."

"새끼… 혼자 고고한 척하기는. 이게 애국이라니까. 어차피 우리가 안 해도 다른 놈들이 해. 아니면 일본이나 미국 등지로 흘러간다고."

"됐어. 그런 거래에는 끼지 않을래."

"그래봤자 늦었다."

"뭐라고?"

"너도 이미 공범이라고."

"야, 이강풍!"

"어허, 어디서 좌상님 앞에서 큰 소리야? 너 이 술값은 어디서 나는 줄 아냐? 저번에 좌상님이 우리한테 깔치들 붙여줬잖아? 그래, 안 그래?"

"나는 손 안 댔어. 너 혼자 홍콩 다녀왔지."

"나중에 문제되면 검찰에서 그런 말 믿겠냐? 나는 술이 떡이 돼서 데리고 간 나가요 걸 손도 안대고 잠만 잤어요?"

"……."

"그러니까 이번에 눈 딱 감고 한 번만 좌상님 도와줘라. 이거 우리가 안 나서면 일본 놈들이 채간다니까. 생각해 보라고. 사유든 국유든 물건이 우리나라에 있는 게 좋지 일본으로 가는 게 좋냐?"

난감해하는 아버지에게 서상모가 양주병을 들이댔다. 받느냐 마느냐. 망설이는 아버지 손을 이강풍이 술병 앞으로 밀었다.

꼴꼴!

술이 따라졌다.

"마셔라!"

우묵하고 묵직한 눈으로 말하는 서상모. 술잔은 결국 아버지의 입으로 향했다. 젊은 날의 순수와 결백. 그러나 이강풍의 말에 일리가 있다고 인정하면 이미 그 순백은 오염된 셈. 애국이라는 말을 위로 삼아 술을 삼키는 아버지였다. 아버지는 그렇게 밀수의 세계에 뛰어들었다.

여기서 잠시 리딩이 끊겼다. 베이징 카오야가 나온 것이다. 붉은 빛깔의 마파두부도 푸짐하게 보였다.

"칼라가 좋군요. 주방장이 정통 중국통인 것 같습니다."

이강풍이 묵직한 미소를 지었다. 온갖 순간을 넘어온 탓인지 그의 미소는 종잡기 어려웠다. Made in China라는 말처럼 Made in 포커페이스라고 하면 알맞을 것 같았다.

오리구이와 함께 고량주를 즐기는 이강풍은 느긋해 보였다. 그는 여전히 이 거래에서, 갑의 위치를 누리고 있었다.

흐드러진 중국 음식 향을 맡으며 창규는 리딩으로 돌아갔다. 이쯤에서 아버지의 리스트를 뽑아 들었다.

[청자 죽순형 주자]

[일월관음도]

[청화백자 수복강녕]

[왕의 투구]

일단 네 개를 키워드로 잡았다. 관련된 섭취물이 주르륵 딸려 나왔다.

"……?"

하지만 결과는 실망이었다. 그것들은 아버지와 관련이 없었다. 죽순형 주자는 하나가 아니었고 관음도 역시 종류가 많았다.

아버지를 속인 사람은 이강풍이 아니었나? 갸웃거리는 고개를 바로 하고 조금 더 진행을 했다.

[100동자도]

[소상팔경전도]

[은장도]

다시 세 개의 자취를 불러냈다. 100동자도는 허당, 소상팔경전도도 허당. 하지만 공주의 은장도에서 아버지가 연결되었다.

"조선 중기 공주의 은장도?"

담배 연기가 불러낸 목소리의 주인공은 아버지 강태봉이었다.

"쉬잇!"

이강풍이 손가락을 입술로 가져갔다. 장소는 돼지곱창집이었다. 그들의 테이블에는 야채곱창이 푸짐하게 볶여 나와 있었다.

"확인된 거야?"

아버지가 물었다.

"당연하지 내가 누구야?"

"중국?"

끄덕!

대답 대신 고개를 끄덕이는 이강풍.

"가격은?"

"그렇게 세지 않아."

"그럼 잡아야지."

"덤비지 마라. 알고 보니 왕실 은장도는 새 발의 피더라고."

"새 발의 피?"

"이것들이 북한에서 넘어온 봉을 잡은 모양인데 기막힌 보물을 쓸어안고 있다는 소문이야."

"그래?"

긴장한 아버지가 막걸리를 넘겼다. 지금까지 찔금거리던 것과는 달리 원샷이었다.

"너 손대웅 알지?"

"서상모 좌상 죽은 후로 이 판에 뛰어든 사람?"

아버지가 고개를 들었다.

리딩하던 창규도 고개를 들었다. 다시 아는 이름이 나온 것이다.

"그 친구가 이 건의 교섭 대표거든. 그 양반 말이 목숨이라도 팔아서 잡고 싶다는 거야."

"뭐가 있는데?"

"한두 개가 아닌 눈치야. 말로는 북한 유력 인사가 당에 낼 충성 자금 만들려고 중국으로 가져왔다는데 최소한 보물급으로 10여 점?"

"……!"

아버지의 눈이 발딱 또렷하게 뒤집혔다. 보물급 10여 점이라면 굉장한 건이 분명했다.

"이게 그릇부터 불상, 그림까지 종합 무역급인가 보더라고."

"이야."

"생각 있냐?"

"아직 거래 여지가 있는 거야?"

"내가 슬쩍 찔러봤는데 손대웅이 쩐이 딸려서 선뜻 못 무는 눈치더라고. 몇 푼 주고 그 건을 아예 우리가 사버리면……."

"우리가?"

"생각 있으면 말해. 다리는 내가 놓을 테니까. 알선료는 나중에 수익의 10%면 땡큐."

"대략 얼마가 필요한데?"

"듣기로는 큰 거 다섯 장?"

"5억?"

5억.

그 단서를 따라 다음 리딩 폴더를 찾아냈다. 동시에 궁금했다. 이야기 맥락을 보자면 아버지가 금지된 종합 무역(?)에 나서는 것. 아버지는 과연 5억을 배팅했을까? 보물급 골동품이자 문화재를 확보했을까?

이 리딩의 매개체는 양주였다. 물론 담배는 빠지지 않았다. 대구의 한 단란주점, 특실에서 두 남자가 만나고 있었다. 아버지는 없었다. 두 사람은 이강풍과 손대웅이었다.

"이 사장."

"손 사장."

둘은 만나기 무섭게 악수부터 나누었다. 양주가 들어오자 둘이 간격을 좁혔다.

"그 친구 이거라고?"

손대웅이 제 손으로 목을 그었다. 여기서 말하는 그 친구는 창규의 아버지 강태봉이었다.

"그렇다네요."

"유서에 우리 걸고 들어간 거 아니야?"
"아, 진짜… 아니라고 몇 번을 말해요. 소심하시기는……."
"진심 노 프로블럼?"
"예!"
이강풍은 술부터 넘겼다.
"오케이, 돈은?"
"차에 준비했습니다. 빳빳한 배춧잎으로……."
이들이 쓰는 배춧잎은 만 원권의 다른 말이었다.
"이 사장이 머리가 좋아요. 내가 서상모 제거할 때부터 알아봤지."
"쉿, 제거라뇨? 그분은 지병으로 돌아가신 겁니다."
"그 지병의 출발이 이 사장 아니야? 물론 나도 한몫했지만."
"아따, 지난 얘기는 그만하고 술이나 드세요."
이강풍이 손대웅의 잔을 채웠다.
"아무튼 고마워. 덕분에 빚도 갚게 되었고 물건 약속도 지키게 되었으니……."
"그러게 손 사장님은 그놈의 도박 좀 끊으세요."
"인생 뭐 있나? 이 사장님이 여자 밝히는 거나 내가 도박 좋아하는 거나……."
"그나저나 다음 물건은 언제 나옵니까?"
"어허, 이번 것 같은 진품은 다시 만지기 힘들어요. 큰 거

한판 땡겼으니 이제 위조품 쪽으로 선을 돌리자고."

"위조품?"

"어차피 아무도 몰라. 한국 전문가들에게 오더 낸 다음에 그걸 가지고 중국에 갔다가 다시 들여오는 거라고. 이번처럼 북한 쪽에서 흘러나온 것으로 하고 감정서 붙이면 감쪽같지. 호구들도 널렸고."

"괜찮을까요? 위조품 거래는 별로 한 적이 없어서……."

"순진하기는. 사실 서상모 씨 거래도 3할이 위조품이었다네."

"예?"

"귀신도 몰라요. 어차피 그거 사 가는 부자들 어디다 공개할 것도 아니거든. 그러다 100년, 200년 지나면 모든 게 잊혀지는 거지. 우리도 흙이 되어 있을 테고."

"진짜 서 좌상께서도 위조 거래를 했습니까?"

"이 바닥에서 가짜 거래 안 하는 놈 있으면 나와보라고 해. 내 손에 장을 지진다."

"뭐 나도 짐작은 했습니다. 그러고 보면 가짜에 손 안 댄 친구는 강태붕뿐이었군요."

"그 친구 이번 건 확보하면 일부는 국가에 헌납할 생각도 했다면서?"

"그랬죠. 몇 건은 자기 이익으로 하고 국보급은 나중에 국가에 넘기겠다고……."

"미친… 나라가 우리에게 해준 게 뭐가 있다고."

"내 말이 그겁니다. 송충이는 솔잎을 먹어야지 골동품 밀수업자가 애국이 무슨 애국입니까?"

"아무튼 그 친구 진짜 강직하네. 그렇다고 자살을 하다니……."

"우리한테는 잘된 일이지요. 뒤탈 걱정 완벽하게 덜었지 않습니까?"

"하긴 꿩 먹고 알 먹은 일이지. 강태봉에게서 5억 땡기고, 물건 넘겨서 7억 땡기고… 키햐!"

"자, 듭시다. 우리에게 5억을 희사하고 간 온 국민의 호구 강태봉을 위하여!"

"위하여!"

두 남자가 잔을 부딪쳤다.

쨍 소리와 함께 창규는 리딩을 멈췄다.

'아버지…….'

신음 섞인 중얼거림과 함께 좌르르 퍼즐이 자리를 잡기 시작했다.

1) 이강풍과 아버지는 친구였다.

2) 골동품 사업을 함께하기 시작했다.

3) 밀수 골동품에 손을 댔다.

4) 이강풍과 손대웅은 지인 사이다.

5) 둘이 짜고 아버지에게 사기를 쳤다.

6) 믿는 도끼에 가슴팍을 찍혀 전 재산을 날린 아버지가 상심에 못 이겨 자살을 했다.

기본 줄을 세운 후에 디테일을 맞춰 들어갔다. 사기의 방법을 파고든 것이다. 그 또한 담배가 전해주었다. 골초인 이강풍의 역사는 늘 담배 연기와 함께 이루어지고 있었다.

아버지에게 어떻게 사기를 쳤는가?

명령을 받은 식귀가 바삐 파일을 열어댔다.

역시 단란주점 그림이었다. 이강풍과 손대웅의 독대였다. 손대웅이 건수를 물었다. 국내 수요자까지 수배를 마쳤다. 하지만 그는 그걸 잡을 자금도 없었다. 그때 이강풍이 강태붕 이야기를 꺼냈다. 서상모가 죽은 후에 직접 거래에 나선 강태붕. 쩐 동원 능력도 어느 정도 되니 소개료 몇 푼 받고 넘길까 생각했던 것이다.

하지만 손대웅은 미련이 남았다. 직접 거래하면 몇 억을 만질 판인데 소개로 넘기면 잘해야 500만 원 정도 받게 될 일. 게다가 그는 도박 빚에 시달리고 있었다. 어렵게 잡은 천금의 기회. 그냥 넘기고 싶지 않았다.

다행히 이강풍과 코드가 맞았다. 이강풍 역시 돈에 쪼들리고 있었다. 그는 무려 세 집 살림을 했다. 조강지처에 더불어 술집 여자 둘과 각각 딴 살림을 차리고 있었던 것. 결국 둘은 강태봉을 벗겨먹기로 마음먹었다.

그 미끼를 강태봉이 물었다. 일본인 전주가 노리고 있다는 말로 그를 자극한 것이다. 비록 온당치 못한 루트라지만 그 물건들은 한국의 보물들. 일본에 넘겨주고 싶지 않은 강태봉이었다. 그 심리를 백번 이용한 게 이강풍이었다.

시나리오는 간단했다. 손대웅이 도박판에 끌어들인 현직 검찰 수사관 마일춘을 내세웠다. 마일춘 또한 도박 자금이 딸리던 판. 강태봉이 서해상에서 물건을 받아오는 날, 마일춘이 현장을 덮쳤다. 강태봉은 꼼짝없이 걸려들었다. 마일춘은 미리 짠 대로 밀수품의 일부를 손대웅에게 넘겨주었다. 그게 바로 진품 상자였다.

손대웅과 이강풍의 계약에 말려든 강태봉은 무리하여 준비한 돈 5억을 날리고 밀수 혐의까지 받게 되었다. 그나마 위로라면 손대웅이 진품을 빼돌린 것. 강태봉에게 남은 건 허접한 물건들이라 집행유예를 받고 풀려나게 되었다.

진품은 손대웅이 처분을 했다. 그게 바로 어머니의 메모로 남은 고려시대 청자죽순형 주자였고 일월관음도였으며 왕의 투구이자 소상팔경전도 등이었다.

돈 잃고, 명예 잃고.

강태봉에게 남은 건 전과 딱지와 손가락질, 그리고 좌절뿐이었다. 혹시나 하고 이강풍과 손대웅에게 연락을 했지만 그들은 필리핀에서 파라다이스를 누리고 있었다. 손대웅은 카지노에서 풍덩거렸고 이강풍은 필리핀 아가씨 둘을 끼고 주지육림을 누렸다.

당했구나.

재판을 받는 동안 짐작하던 일이 현실이 되고 말았다. 그렇잖아도 이견이 많았던 이강풍을 믿었던 게 잘못이었다. 그러나 증거가 없는 일. 가장으로서의 면목을 잃은 아버지의 선택은 그렇게 막다른 곳으로 몰리고 있었다.

자살!

창규는 비로소 알게 되었다. 아버지라는 사람의 히스토리. 어머니의 메모가 하려던 말. 그리고 전 재산을 털리고 전과자에 밀수꾼이라는 덤터기를 쓴 한 인간의 좌절감.

'후우!'

애써 호흡을 골랐다. 혈관이 더워지는 것을 누르며 마지막 정리에 돌입했다. 이미 20년도 훌쩍 지난 일. 이 팩트로는 이강풍을 법정에 세워도 건질 게 없었다.

필리핀.

그들의 천국으로 달렸다. 담배 연기와 더불어 해산물이 나왔다. 필리핀 아가씨들의 타액과 애액도 나왔다. 거기에 중국산 정력제를 가미하는 이강풍이었다.

해변이 보였다. 비치 패션에 선글라스. 둘은 재벌가의 휴양

못지않은 호사를 누리고 있었다.

"어제는 재미 좀 봤습니까?"

파라솔 아래서 이강풍이 물었다.

"웬걸. 그제 밤에 땡긴 거 어제 다 꼴아박았다."

"아무튼 대단합니다. 벌써 며칠째 풀코스로 날밤을 새시니."

"이 사장이 몰라서 그렇지 인간에게 최고의 순간은 도박, 즉 겜블이라는 거야. 내가 원하는 패가 떨어졌을 때의 그 짜릿함이란……. 미스코리아 위에 올라가 백번 사정을 해도 그것만은 못할걸."

"나라면 미스코리아가 백배 낫지요."

"이 사장은 그렇게 살라고. 이거 한번 손대면 끊을 수가 없으니……."

"그나저나 물건 가져간 사람들 말입니다. 내 생각보다 체급이 낮던데… 브로커들입니까?"

"브로커가 아니라 대리인이야. 실 구매자들은 한 방귀 뀌는 사람들이니 표면에 나서길 꺼리는 거지. 혹시라도 잘못되면 꼬리 자르기도 좋고."

손대웅이 웃었다.

"역시 그렇군요."

"불상과 도자기류 실제 구매자는 백자경 회장이고 그림은 채춘수 의원, 모자와 칼은 박길녀 회장이야. 시나리오가 그렇게 되는 거라고."

"채춘수라면 여당 최고의원 말입니까?"

"그렇지. 백자경은 골프장을 세 개나 가진 억만장자고 박길녀 회장 역시 홍콩 최고의 보석상으로 불릴 정도로 통이 큰 여자지. 그만하니까 몇 억씩 질러대는 거잖아."

"그럼 박길녀가 1억이었겠군요? 아무래도 모자와 칼이 좀 상품 가치가 떨어지니……."

"맞아. 이럴 줄 알았으면 3—3—1이 아니라 5—5—2로 배팅해 볼걸 그랬어."

손대웅이 누런 이를 드러내며 웃었다.

3—3—1.

그러니까 각각 3억, 3억, 1억에 처분했다는 해석이 가능했다.

휴우.

날숨과 함께 정리는 끝났다. 이제 창규는 아버지의 자살 사연 전부를 알게 되었다. 그리고 아버지가 확보했어야 할 골동품들, 그것들의 소재까지도 대략 파악하게 된 것이다.

남은 건 응징이었다. 그러나 손대웅의 경우에는 그게 불가능하게 되었다. 장례식장의 담배 연기가 전해준 리딩에 의하면 손대웅은 10여 년 전에 자동차 사고로 사망한 후였다.

[최근 밀수]

이제는 조금 느긋하게 쌍식귀를 부렸다. 제 버릇 개 줄까? 이강풍의 밀수는 여전히 진행형이었다. 그 최근은 두 달 전이었다. 중국과 몽골 등지에서 모은 골동품을 수입 화물 편에 섞어 보내는 방법을 썼다. 항만 세관의 수입품 검사가 전수 검사가 아닌 점을 노린 것이다. 그걸 짚어가던 창규의 오감이 수직으로 곤두섰다. 그렇게 들여온 밀수품 중의 두 건이 지금 노트북 화면에 떠 있었다. 그러니까 진품은 이미 다른 사람에게 넘기고 장혜교에게 모조품을 거래하려는 수작이었다.

그동안 이강풍과 장혜교의 비즈니스가 무르익고 있었다. 장혜교는 이강풍의 물건에 마음을 빼앗겼다. 좋은 작품에 대한 욕심이 많은 그녀였기 때문이었다.

"보시다시피 국보급입니다. 그래서 탐내는 사람이 한둘이 아닙니다. 그래도 장 관장님이 안목이 높길래 궁합이 맞는 것 같아서 왔으니 가격은 후리지 마시기 바랍니다."

이강풍의 목에 힘이 들어갔다. 그는 골동품 거래의 달인이었다. 장혜교의 눈빛만 보고도 분위기를 장악하는 것이다.

"밀수품은 아니겠죠?"

"당연히 아니죠. 요즘은 그런 물건 없습니다. 옛날하고 달라서 큰일 납니다. 감정인들도 국내 최고 권위자들이고요."

"그럼 제시하신 가격에서 한 푼도 깍지 않겠어요. 지금 계약하시죠."

"잘 생각하셨습니다. 오늘 조금만 뜸을 들이는 눈치였어도 백 회장 쪽으로 틀었을 겁니다."

"고마워요."

"자, 그럼 계약서를……."

이강풍이 계약서를 꺼냈다. 장혜교는 만년필을 꺼냈다. 그대로 두면 바로 계약이 진행될 일. 창규가 두고 볼 리 없었다.

"어머!"

비명과 함께 장혜교가 일어섰다. 그녀의 원피스에 마파두부 벼락이 쏟아진 까닭이었다. 창규가 실수인 척 밀어버린 결과물이었다.

"죄송합니다. 죄송합니다."

창규가 부산을 떨며 말했다.

"괜찮아요. 하지만……."

장혜교는 당혹스러운 표정을 지었다. 다른 사람도 아닌 창규. 화를 낼 수도 없는 일이었다.

"화장실 가셔서 대충이라도 수습하시죠. 제가 가릴 만한 옷을 구해 오겠습니다."

창규가 장혜교를 화장실로 데려갔다. 장혜교가 씻는 동안 창규는 행복경찰서 이준모 팀장에게 전화를 걸었다. 장혜교가 마파두부 붉은 물을 대략 빼고 나왔을 때 형사 둘이 들이닥쳤다. 이강풍이 튀려 했지만 길을 막은 형사들이 그를 놓치지 않았다.

"당신을 문화재 밀수 혐의로 체포합니다."

철컥!

이강풍의 손목에 수갑이 채워졌다.

"……!"

화장실에서 나온 장혜교는 뜻밖의 상황에 기겁을 했다.

"쉬잇!"

창규가 신호를 보내왔다. 이강풍은 밀수꾼. 장혜교가 얽혀서 좋을 일이 없었다.

"어떻게 된 거죠?"

장혜교가 물었다.

"옷 사러 가다가 행복경찰서 팀장님을 만났어요. 그분이 제 지인인데 여기 밀수꾼을 잡으러 왔다 하길래 설마 했는데 짐작이 맞았습니다. 같이 엮여서 경찰서 드나드실 거 없잖습니까? 혹시라도 나중에 참고인 출석요구서가 오면 단순히 골동품 정보나 들을까 하고 만났던 거라고 둘러대시기 바랍니다."

"변호사님 아니었으면 골치 아프게 엮일 뻔했네요. 정말 고마워요."

"그럼 세탁비로 퉁 쳐주시겠습니까?"

"이까짓 옷이 문제예요? 다시 한번 고마워요."

빨간 마파두부 물이 배인 옷자락으로 장혜교가 인사를 했다. 창규도 맞인사를 했다. 사안을 따진다면 고마움은 창규 쪽이 더 컸다. 궁금해 하던 아버지의 일을 알게 된 것이다.

—백자경.

—채춘수.

—박길녀.

창규는 일단 세 이름에 갈피를 끼워놓았다. 각각의 분야에서 최상류층을 이루는 사람들. 설령 법정 공방이 일어나도 눈도 깜짝하지 않을 대물들이었다. 이런 부류의 사람들은 법을 이용할 줄 안다. 그렇기에 차분한 정리가 필요했다. 게다가 밀린 일까지 많은 창규였다.

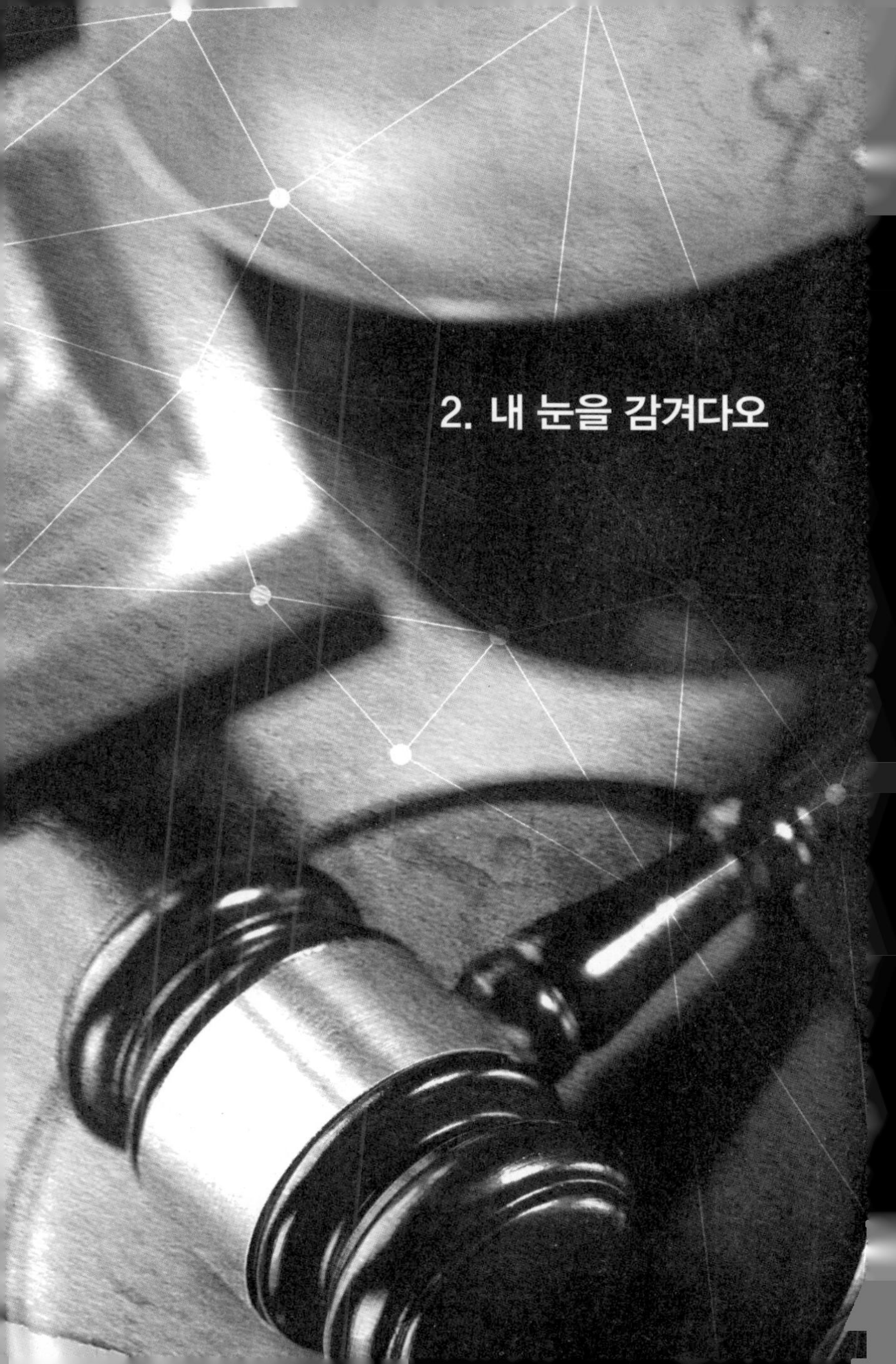

2. 내 눈을 감겨다오

이번에는 혼귀왕의 의뢰에 앞서 섬 중학교 교감 자살 건부터 착수하기로 했다.

자살.

그 말이 창규 마음을 흔든 것이다. 아버지도 그랬다. 다들 오죽하면 죽음을 택했을까? 나아가 상담하러 온 교대생 외동딸의 한마디가 귀에 꽂혀 버렸다.

"아빠는 눈도 감지 못하고 죽었어요."

두 눈을 부릅뜬 채 죽은 시신. 가족들이 감겨도 감지 않았다고 한다. 사고 소식을 듣고 달려온 도 교육청과 인권 센터

장. 두 사람이 시신을 확인할 때는 느닷없는 사후강직까지 일어나 관에 진동이 났다는 딸의 설명이었다.

한(恨)!

가족들의 주장이 맞다면, 교감은 피맺힌 한을 안고 죽은 것이다. 그렇기에 장례를 치른 지 고작 이틀 후에 섬에서 달려온 교감의 딸. 한시라도 빨리 명예를 찾아주고 싶었다. 그가 하늘에 닿기 전에 눈을 감을 수 있도록. 창규는 그날로 소 제기를 했다. 피고는 도 교육청과 인권 센터였다.

뿌우웅!

섬으로 가는 배에 몸을 실었다. 동행은 교감의 딸과 미혜가 했다. 증인으로 여학생들을 만나야 할 것 같아 여자가 필요했다. 원래는 사무장이 갈 자리였지만 그녀가 바쁘다 보니 미혜가 자원하고 나선 것이다. 아버지도 비슷한 억울함을 겪었다는 미혜는 전의로 불타올랐다.

가는 동안 언론에서 다뤄진 쟁점을 분석했다. 일범이 정리한 자료는 사건의 가닥이 잘 잡혀 있었다.

문제의 발단은 야간자율학습이었다. 사건 당일 도종완 교감은 야간자율학습 지도를 담당했다. 직책이 교감이기에 원래는 하지 않아도 될 일. 하지만 섬의 작은 학교인 데다 선생님 숫자도 많지 않아 자발적으로 한몫을 하고 있었다.

공교롭게도 1학년과 2학년 상당수가 감기에 걸려 콜록거렸다. 두 명은 결석까지 한 날이었다. 도 교감은 3학년이 걱정되었다. 대입을 앞둔 아이들이기에 혹여 감기가 옮을까 걱정한 교감, 1, 2학년들을 자율학습 독서실에서 돌려보냈다.

"샘, 우리는요?"

그 질문 하나가 비극의 시작이었다. 3학년 유송이였다. 교감은 당연히 허락하지 않았다.

"니들은 공부, 대입이 코앞."

독서실에서 1, 2학년이 나가자 3학년 여학생 9명이 남았다. 고3들은 짜증이 났다. 그렇잖아도 공부하기 싫던 차에 기름을 부은 꼴이었다. 순간적으로 약이 오른 유송이가 홧김에 담임 장만술에게 문자를 보냈다.

[교감 샘이 성추행을 했어요.]

장만술은 영어 담당이자 학교폭력 전담교사. 그는 교감과 사이가 좋지 않았다. 원칙주의자 교감이 마음에 들지 않은 것. 울고 싶던 차에 뺨 맞은 꼴이었다.

다음 날 바로 교육청에 전화를 걸었다. 장학사가 학교로 왔다. 교감은 출근 정지를 먹은 상태에서 전교생을 상대로 조사를 벌였다. 아이들이 주저하자 그냥 생각나는 대로 쓰라고 했다. 지나가다 손이 닿은 것도, 힘내라고 어깨를 두드려 준 것 같은 사례도 전부 포함이 되었다. 그렇게 되니 교감의 손이 닿지 않은 여학생은 거의 없었다.

〈전교생 집단 성추행〉

기자들이 제목으로 뽑은 근거였다.

교감은 인권 센터로부터 다음과 같은 결정문을 받았다.

—성희롱과 성적 자기 결정권 침해.

—폭력으로부터 자유로울 권리의 침해.

—인격권 침해.

정식 징계 시까지 학교 접근 금지.

그러나 동시에 진행된 관할 경찰서의 수사 결과는 반대로 나왔다. 무혐의가 나온 것이다. 경찰은 피해자와 그 부모들의 탄원서를 참작했다. 접촉이 있었지만 피해자들은 수치심을 느끼지 않았고 처벌도 원치 않는다는 내용이었다. 반의사불벌죄가 성립되면서 종결되었다. 입건 사항이 아니었다.

반의사불법죄는 성추행 같은 경우에 성립 자체가 되지 않는다. 즉, 교감의 행위가 명백한 성추행이고 피해자들이 그에 상응하는 수치심을 느꼈다면 탄원서를 낸다고 입건되지 않는 게 아니라는 얘기다. 바꿔 말하면 형사법적인 판단으로는 성추행 요건이 아니었다는 해석이 가능한 지점이다.

도 교육청 인권 센터가 바로 해명서를 냈다. 행위 자체는 인정하는데 성추행의 의도가 없었다는 건 일반 가해자들의 공통된 주장 범주에 속한다며, 성추행이라는 쟁점에 대해 피해자와 가해자의 시각은 다르다 해도 원치 않는 접촉이 발생한 건 엄연한 팩트라는 주장이었다.

교육청의 압박과 주변의 따가운 시선, 인권 센터의 징계 상정, 거기에 빗발치는 인터넷 댓글과 여론의 비난. 도 교감은 그 사이에서 백기를 들고 말았다. 이대로 집단 성추행 교사로 정식 징계를 받으면 가족들에게도 불명예가 될 일. 교육대학을 다니는 딸에게는 씻지 못할 상처가 될 일. 술로 마음을 달래다 부모님 묘지를 찾아간 교감은 북어포에 소주 한 잔을 올리고 자살을 택했다.

영서야. 아빠는 아니야. 하느님은 내 마음 알 거야.

유서에 적힌 한 줄이었다.

그 자신이 사라지면 징계 자체가 흐지부지될 것으로 생각한 것.

실제로 많은 경우가 그랬다. 그렇기에 남은 가족 걱정에 목숨 줄을 놓아버린 교감이었다.

야자.

야간자율학습을 줄여서 하는 말이다. 과거에도 현재도 별로 반기는 학생들은 없다. 그럼에도 교육 현장에서는 관습적으로 진행되는 일. 말처럼 뛰고 싶은 학생들을 반강제로 눌러 놓다 보니 터진 비극의 일단이었다.

한 시간 후, 그 섬이 모습을 드러냈다. 배가 멈추자 창규가 섬을 밟았다. 끈적끈적한 바닷바람이 불어왔다. 대한민국의 이슈가 된 사건의 현장으로 뛰어든 것이다.

"여기예요."

스물한 살 외동딸이 작은 무덤 하나를 가리켰다. 저만치 문제의 중학교가 내려다보이는 자리였다. 묘지터는 두 개가 있었지만 굳이 이곳을 원했다고 한다. 정년을 마치려던 학교에 대한 미련일까? 아니면 문무왕 수중릉처럼 죽어서도 학교를 지키려는 걸까?

봉분은 낮았다. 교감은 화장이 아닌 매장을 했다고 했다. 무덤가에 꽃이 몇 개 보였다. 누군가 다녀간 모양이었다.

"이 꽃… 가족이 가져다 놓은 건가요?"

창규가 물었다.

"아뇨."

외동딸이 고개를 저었다. 딸이 꽃송이를 뒤지자 메모 몇 장이 나왔다.

교감 선생님, 편히 잠드세요.

메모는 제자들이 쓴 것으로 보였다.

"영서 양, 여기 사진 좀 찍어도 될까요?"

창규가 외동딸에게 물었다.

"네."

허락이 떨어지자 창규가 무덤과 꽃을 함께 찍었다.

"이 메모도 제가 좀 가져갈게요. 재판이 끝날 때까지."

"네."

"차후에라도 이런 꽃과 메모가 나오면 사진으로 찍어주세요."

"네."

무덤을 둘러본 후에 학교로 향했다. 오후의 섬 학교는 조용했다. 전교생이라야 80명 안팎. 그중에서 여학생이 36명이었다. 교감은 그중 34명을 성추행했다는 의혹을 받았고, 조사를 받았다. 아담한 섬 중학교는 이슈를 아는지 모르는지 해풍을 받으며 침묵을 지켰다.

운동장에 남학생 네 명이 축구를 하고 있었다. 여학생들은 보이지 않았다. 안으로 들어가 교실을 돌아보았다. 섬 학교지만 시설은 나쁘지 않았다. 학생 수가 적다 보니 컴퓨터실 같은 건 오히려 서울보다도 좋아 보였다.

"영서 양, 유송이 학생 집 알아요?"

복도로 나온 창규가 물었다.

"언덕 너머에 있어요."

"지금 가면 있을까요?"

"아마 있을 거예요."

"그럼 안내 좀 부탁해요."

창규가 말했다. 유송이는 성추행 사실을 최초로 알린 여학생이었다. 작은 언덕을 넘었다. 민박도 보이고 교회도 보이고 횟집도 보였다. 섬이라고 해도 있을 건 다 있었다.

"송이야."

영서가 유송이를 불렀다. 서로 친분이 있는 사이인 모양이었다.

"누구여?"

안에서 응답이 나왔다. 중년 남자 목소리였다.

"송이 시방 샤워하고 있는데 왜?"

무심코 대답하던 남자의 시선이 창규에게 닿았다.

"이 사람은 뭐꼬?"

중년 남자의 눈빛이 변하는 게 보였다. 말투로 보아 섬 본토박이는 아닌 거 같았다.

"서울에서 오신 변호사님이세요. 송이 좀 불러주세요."

"변호사?"

"아빠 일이 너무 억울해서 저희가 소송 걸려고요. 몇 마디만 물어보면 돼요."

"변호사… 허어……."

"아저씨."

"미안하지만 송이는 바쁘니까 그냥 가거라. 하루가 멀다 하고 기자에 교육청 직원… 아까는 파출소 직원까지 다녀갔다. 우리 송이 고3인 거 모르나? 공부할 시간도 없고 더 이상 이 일에 휘말리게 하고 싶지 않다."

탕!

중년 남자는 대문을 닫아 걸어버렸다.

"아저씨, 잠깐이면 돼요. 도와주세요!"

영서가 문을 두드리지만 문은 다시 열리지 않았다.

"어쩌죠?"

"그럼 곽세화? 그 학생에게 가보죠."

"네."

영서가 앞섰지만 그쪽도 사정은 다르지 않았다. 완고한 할머니가 마당에서 면담을 허락하지 않은 것. 사람들 등쌀에 지친 표정이 역력했다.

초장부터 벽에 부딪치고 말았다. 이들의 증언은 공판을 위해서라도 필요했다. 방송이나 신문에 난 것만으로 공판정 밑천으로 삼을 수는 없는 데다 나중에 증인이 필요할 수도 있기 때문이었다.

그러는 사이에 날이 저물었다.

"저희 집으로 가세요. 엄마가 식사 준비 해두었대요."

"아뇨. 우리는 민박으로 가겠습니다."

"안 돼요. 그럼 저녁만이라도 저희 집에서 드세요."

영서는 만만한 미혜를 붙잡고 늘어졌다. 일단은 교감 부인도 만나봐야 할 상황. 부담을 주긴 싫었지만 신세를 지기로 했다.

"차린 건 없지만 많이 드세요."

50대 초반의 백지순이 밥상을 가리켰다. 그냥 질박한 시골 밥상이었다. 창규와 미혜 것만 차려진 상은 푸짐했다. 반건조 생선을 두 종류나 구웠고 장아찌와 나물에 해초를 이용한 반찬까지…….

"두 분도 밥 가지고 오세요. 아니면 저희도 안 먹습니다."

창규가 말했다. 백지순과 도영서가 사양했지만 창규의 고집도 만만치는 않았다. 결국 네 사람이 겸상을 하게 되었다.

"죄송하지만 도 교감님은 어떤 분이셨나요?"

해초를 집던 창규가 백지순을 바라보았다.

"우리 그이요?"

고개를 드나 싶더니 바로 눈물이 맺힌다. 죽음이라는 게 이렇다. 살아 있을 때는 서로 데면데면하다가도 누구 한 사람이 요단강을 건너면 그리움이 되는 것이다. 생전에 잘해주지 못한 게 아픔이 되는 것이다.

"책임감 덩어리죠."

눈물을 닦아낸 백지순이 뒷말을 이었다.

"아무리 몸이 아파도 학교는 안 빠져요. 결국 이 꼴로 매장될 걸 그놈의 학교가 뭐가 좋다고……."

"……."

"평생을 몸 바쳐 애들 가르쳤는데 아무도 그 사람 편이 없잖아요. 아무도 그 사람 말을 믿어주지 않았다고요."

"엄마……."

"아무도… 교육청도, 교육지원청도… 나아가 인권 센터 사람들도… 애들 인권만 있고 우리 집 양반 인권은 없나요? 평생 외진 학교만 돌며 헌신한 사람인데……."

"엄마……."

"내가 하도 기가 막혀서 그런다. 니 아빠가 여고생들 건드릴 사람이냐? 그 양반은 술집 여자를 벗겨놔도 못 만질 사람이다. 그 고지식한 사람이 그럴 주변머리나 있겠어?"

"엄마……."

결국 모녀가 한 덩어리가 되어 눈물을 쏟았다. 창규도 콧등이 시큰해졌다. 미혜는 눈물을 감추느라 고개도 들지 못한다.

"그럼 이런 일은 평생 처음이었나요?"

"이거 비슷한 일도 없었어요. 다른 일로 모함을 받은 적은 있지만 여학생을 성추행이라뇨? 우리 영서를 보세요. 그 양반이 영서를 얼마나 아끼는데요. 아, 자기 딸보다 어린애들 뽀뽀하고 엉덩이 만지작거리겠어요? 서로 친척처럼 사는 이 좁은 섬에서? 걔들도 공부 열심히 해서 교대갈 거라고 우리 영서를 얼마나 잘 따랐는데요."

"모함이라면?"

"이 양반이 원칙주의자예요. 융통성이 없지요. 그러다 보니 학부형들 원성을 좀 산 일은 있어요. 성적 정정이나 가짜 봉사활동 기재, 그런 거 가차 없거든요."

"지금 학교에서도 그랬나요?"

"잘은 몰라요. 이 양반이 웬만한 건 혼자 다 삭히거든요."

"예……."

"이 건은 처음부터 예감이 안 좋았어요. 그 양반, 인권 센터 조사를 받고 왔을 때 맥이 쫙 풀려 있었거든요."

"달리 하신 말이 있나요?"

"아뇨. 그냥 한숨만……."

"왜? 뭐라고 혼자 중얼거리셨다면서?"

옆에 있던 영서가 끼어들었다.

"중얼거렸다고요?"

창규가 되물었다.

"그게… 천장을 보면서 한 말인데… 뭐라더라? '아, 하필이면 그 여자가 거기 있을 줄이야' 그랬던가?"

"그 여자라면?"

"몰라요. 혼잣말이고… 그런 거 물어볼 분위기가 아니었으니까."

"그렇군요."

"아무튼 잘 좀 부탁해요. 피해자들도 경찰도 성추행이 아니라는 데 이 나라 인권 센터와 교육청은 왜 그런데요? 인권 센터가 아니라 폭권 센터 같아요. 조사라는 미명하에 남의 남편을 죽게 만들었잖아요."

"그게……."

창규는 설명을 하려다 말았다. 피해자나 증인들의 진술 번복은 흔한 일이다. 그렇기에 판결권을 가진 쪽에서는 최초 진술에 무게를 둔다. 폭력배들 같은 경우, 혹은 갑의 위치가 확실한 경우에는 피해자를 협박해 구제탄원서나 합의를 봐오는 경우가 많은 까닭이었다.

영서에게는 묻지 않았다. 그녀에 대한 진술은 사무장이 끝낸 후였다. 도종완 교감은 고지식한 원칙주의자에 우직하다. 그래도 속마음은 따뜻하다. 표현하지 않는 애정. 그것도 좋은 일이라고 보기는 어려웠다. 한마디로 70년대 선생님 스타일인 모양이었다.

—공부해.

—치마가 그게 뭐야? 여자는 하체를 따뜻하게 해야 돼.

—여자가 방정맞게…….

도종완이 가장 많이 하는 말이라고 했다. 그는 딸에 대한 애정이 남달랐다. 과묵하지만 생일 선물 한번 잊지 않았고, 영서가 교대에 합격하자 선생은 자기중심이 있어야 한다고 강조한 아버지였다. 그런 부친이었기에 영서는 성추행을 믿지 않았다.

다음 날, 창규는 다시 활동에 들어갔다. 학교로 나가 학폭 전담 교사부터 만났다.

"죄송하지만 드릴 말씀이 없습니다."

그는 증언을 거부했다. 아쉬웠다. 그는 왜 자체 조사도 없이 다짜고짜 교육청에 찔렀을까? 영서로부터 그리 좋은 사이가 아니라는 귀띔은 들었지만 아쉬운 일이었다.

다른 교사들도 만나보았다. 소득은 별로 없었다. 그들의 말은 모두 비슷했다.

—좋은 분이셨는데…….

40대의 교사들. 복잡한 일에 휘말리고 싶지 않은 표정이었다. 유사한 사건이나 평소의 평판에 대한 질문에도 비슷한 답을 내놓았다.

—지금 바빠서요.

쉬는 시간에 나온 여학생들도 다르지 않았다. 유송이와 곽세화도 그랬다. 다른 여학생들 역시 미안해요 하고 교실로 도망쳐 버렸다. 일부는 '우리 아빠가 이제 이런 질문에 그만 답하라고 했어요' 하는 말도 잊지 않았다.

—교감이 죽었다.

—게임 오버.

학교는 집단 최면에 빠져 있었다. 죽은 사람이 돌아올 것도 아닌데 그 일에 얽히고 싶지 않다는 바람이 엿보이는 분위기였다. 그때 택시 한 대가 들어섰다. 교무실 쪽에서는 신임 교장과 교감이 달려 나왔다. 도종완 사건으로 교장과 교감이 교체된 것이다.

"어, 저 사람?"

옆에 있던 영서가 택시를 가리키며 말을 이었다.

"장학사와 인권 센터 조사관이에요."

'응?'

창규가 시선을 움직였다. 장학사는 50줄의 남자였고 인권 센터 조사관은 40대 후반의 여자였다. 차에서 내린 두 사람, 그중 장학사의 시선이 영서를 확인했다. 장학사가 교장에게 뭔가를 지시했다. 그러자 교장이 새 교감의 등을 밀었다.

"이봐요, 거기."

교감이 창규에게 다가왔다.

"그만 나가주세요. 아이들 수업에 방해되거든요."

아침에 교무실에 들렀던 창규였다. 그렇기에 교장과 교감은 창규를 알고 있었다.

"학교는 학교법에 의해 개방된 공간 아닙니까?"

창규가 되물었다.

"학부형이 아니잖아요? 이러시면 곤란합니다."

"저는 변호사입니다. 현장 확인은 필수예요."

"거참, 이미 죽은 사람을 두고 왜 이럽니까?"

"말조심하세요. 죽었다고 끝나는 게 아니에요."

듣고 있던 영서가 각을 세우고 나섰다. 그러자 장학사와 조사관이 다가왔다.

"소송을 제기했다고?"

영서를 쏘아보는 조사관의 눈빛이 따가웠다.

"그렇습니다만."

대답은 창규가 대신했다. 의뢰인에 대한 책무이기도 했다.

"변호사세요?"

"예."

"요즘은 이런 뻔한 사건도 변론을 하나 보죠? 변호사는 공익을 위해 일해야 하는 거 아닌가요?"

"공익에 부합된다는 판단을 했습니다."

"승산 없을 텐데요?"

"그거야 법원이 판단할 문제죠."

"이봐요. 거기. 교대 다닌다니까 하는 말인데 이쯤 하고 끝내요. 아버지 명예 살리고 싶다고 했었죠? 이러면 아버지 명예 두 번 더럽히는 일이에요."

조사관은 창규를 건너뛰어 영서에게 말을 걸었다.

"우리 아버지는 결백해요. 당신들이 일방적인 잣대를 들이댔을 뿐."

영서가 받아쳤다.

"가족 생각이야 그렇겠죠. 하지만 역부족이에요. 보아하니 젊은 변호사께서 바람 좀 넣으신 거 같은데."

"이분이 강창규 변호사님이세요. 억울한 살인범 석계수의 누명을 벗겨준 분!"

"지금 너무 오버하는 거 알죠?"

"압니다."

그 대답 역시 창규가 맡았다.

"어머, 그래도 변호사님이라서 맥락을 알아들으시네?"

"내 말은 당신이 오버하고 있다는 겁니다만."

"뭐라고요?"

조사관이 날 선 눈빛을 들었다. 자존심이 하늘을 찌르는 분위기였다. 왜 아닐까? 요즘 인권 문제가 되면 다른 모든 것에 앞서는 분위기였다. 그걸 좌지우지하는 위치에 있으니 목에 힘이 들어갈 만도 했다. 하지만 창규는 알고 있었다. 인권에 관련된 일을 하는 사람들 대다수는 훌륭한 판단을 하지만 극히 일부는 그 분위기를 누리며 갑질을 하고 있다는 사실.

지금 조사관 태도도 그랬다. 그녀가 진짜 인권을 중시한다면 영서에게 이렇게 대할 수 없는 일이었다. 설령 도종완의 집단 성추행이 사실이었다고 해도 부친을 잃은 영서에게 연좌제식 태도를 취한다는 건 인권을 다룰 자격이 없다는 반증이기도 했다.

"그러고 보니……."

조사관의 시선이 다시 영서에게 향했다.

"무덤에 꽃이 많던데 가족들이 갖다 놓은 거 아니에요?"

"뭐라고요? 누구 마음대로 거길 갔어요?"

영서가 발끈 응수했다.

"왜? 우리가 가면 안 될 일이라도 있어요?"

"당신들 때문에 돌아가셨는데 무슨 낯으로 거길 가요?"

"변호사에게 그런 식으로 섬 분위기 조작해서 어찌해 볼 모양인데 소용없어요."

"말 다 했어요? 지금 그게 무슨 의미에요?"

결국 영서가 폭발하고 말았다.

"도둑이 제 발 저리시나?"

조사관은 시선을 외면하며 중얼거렸다. 슬쩍 자극하고 한 발 빼기. 그녀는 그 방면의 고수였다. 창규는 영서가 가져온 서류의 한 구절을 떠올렸다.

여학생들이 최초 진술을 번복한 것은 외딴 섬에 살다 보니 성추행에 대한 관념이 낮은 까닭이다. 그들은 옷을 벗기고 성기나 가슴을 만지는 등의 심각한 것만 성추행으로 알고 있을 수 있다. 그러나 성추행은 넓은 의미로 해석하는 게 옳다. 이는 해석의 차이이므로 집단 성추행 사실은 불변이다.

이 문구는 인권 센터의 공식 입장이었다.

경찰의 무혐의 처리는 징계에 참고 사항이지 징계를 좌우하지는 못한다. 피해자들이 처벌을 원치 않는다고 했지만 섬이 좁은 지역 사회임을 감안하면 다른 해석이 나올 수도 있다. 섬에서 선생님이 갑일까? 학생들이 갑일까?

두 번째 구절에는 경찰의 무혐의 처리에 대한 불만과 함께 탄원서에 도 교감이나 가족의 작용이 개입했음을 암시하기도 한다.

쟁점은 인권 센터에 있었다. 인권 센터는 일방적인 조사를 진행했다.

"어쨌든 부적절한 신체 접촉은 있었던 거잖아요?"

질문은 에둘러 나왔다.

“그건…….”

“인정하죠?”

조사관이 물었다.

요즘 아이들 무서운 건 아는 교감. 어쨌든 닿은 건 닿은 것이니 그것조차 인정하지 않을 수는 없었다.

“예. 그건 인정합니다.”

그럼 인정.

그렇게 나온 결론이었다.

이후 교감이 매장 위기에 처하자 학생들이 탄원서를 만들어 서명을 했다. 그러나 인권 센터는 업무 지침까지 무시하면서 직권을 발동했다. 본래 처벌을 원치 않는다는 구제 신청이 들어오면 사안 자체를 반려하는 게 원칙. 그러나 인권 센터는 위에 적시한 가족의 탄원서 강요를 의심해 직권조사권이라는 강경 카드를 뽑아 들었다.

공직기관으로서 업무 지침까지 제끼고 강행한 직권조사. 인권 센터는 집단 성추행이란 타이틀을 사안의 중대성을 근거로 삼았다.

창규는 최초 진술과 탄원서 자료를 확보했다. 성추행 제기자로 알려진 유송이와 여학생들의 사례는 이랬다.

최초 진술—교감이 이마에 뽀뽀를 했다.

진술 번복—향수를 뿌리고 나왔는데 교감이 무슨 냄새냐며 코를 들이댈 때 내가 돌아보다가 이마가 닿았지 성추행은 아니었다.

다른 진술들도 맥락은 비슷했다.

최초 진술—수업 시간에 어깨를 만졌다.

진술 번복—어깨를 졸싹이고 있을 때 정신없다며 교과서로 어깨를 툭 쳤다.

최초 진술—허벅지를 만졌다.

진술 번복—체육복 반바지에 늘어진 실오라기를 지적해 주었다.

최초 진술—손을 주물렀다.

진술 번복—운동장에서 가시에 찔린 손을 교감 샘이 가시를 빼 주었다.

최초 진술—브래지어 후크를 만졌다.

진술 번복—체해서 꺽꺽거릴 때 등짝을 쳐 체한 걸 내려주었다.

—원치 않는 접촉 행위는 명백하다.

—성추행 의도는 없었다.

두 사안은 이렇게 충돌하고 있었다.

인권 센터 조사관 박희양. 약자의 편에서 결정했다고 하지만 교감 입장에서는 가혹했다. 특히 진술 기회를 충분히 주지 않은 게 아쉬웠고, 피해자와 부모들의 탄원서를 무시해 버렸다는 게 그랬다.

그러나 결정한 주체가 인권 센터와 도 교육청이라는 기관이다. 이런 경우라면 과실이 밝혀져도 크게 책임지는 사람이 없을 수 있었다. 기껏해야 말단 하위직 피라미나 한둘 징계하는 행태. 대한민국의 현주소였으니 이럴 때 사람들은 이구동성으로 말한다.

헬조선!

*　　　　*　　　　*

"변호사님."

오후에 사무장에게서 연락이 왔다.

"……!"

노트북으로 이메일을 열어본 창규가 소스라쳤다. 반전을 담은 소식이었다.

박희양 조사관.

창규는 그가 혹시 편견 같은 걸 가지고 있을지도 모른다는 쪽이었다. 그래서 부탁한 그녀의 자료였다. 자료는 완벽했다.

그는 서울에서 근무할 때도 깔끔한 일 처리로 정평이 나 있었다. 이쪽 교육청으로 옮겨온 후에도 다르지 않았다. 피해자인 학생들의 인권을 수호하는 동시에 가해자로 지목되는 교사들에게 괜한 피해가 가지 않도록 배려하는 사람이었다. 덕분에 그녀가 맡은 학생 인권 사건들은 단 한 번의 잡음도 없었다.

'푸헐!'

어깨에서 힘이 빠져나갔다. 예측이라는 것, 빗나갈 때마다 사람에게서 맥을 쥐어짜낸다. 이렇게 되면 조사관은 교감의 성추행을 확신했다고 볼 수밖에 없었다.

그게 아니면.

두 사람이 전생에 원수라도 되든지.

그도 아니면…….

지독히 궁합이 안 맞든지.

궁합…….

누가 그런 걸 믿을까마는 살다 보면 한 번쯤 생각하는 경우가 있다. 이상하게 나와 안 맞는 사람이 있다. 주는 거 없이 미운 놈이 있다. 박희양 조사관에게 교감이 그랬을까?

생각이 갈래를 칠 때 교감 부인의 말이 스쳐 갔다.

—하필이면 그 여자가 거기 있을 줄이야.

그 여자.

혹시 박희양 조사관?

혹시 교감과 조사관이 어떤 악연이라도?

팩트와는 상관없지만 궁금했다. 지상의 모든 문제는 작은 것에서 비롯되므로.

"사무장님."

다시 서울에 전화를 걸었다. 그런 방면의 조사는 사무장을 쫓아갈 사람이 없었다. 이메일을 기다리면서 검색을 했다.

박희양 조사관.

그녀의 활동 몇 가지가 나왔다. 좋은 자료뿐이었다.

'말투는 그래도 일 처리는 제대로 하는 여자인가?'

하긴 조사관의 판단이 옳았다면, 여학생들을 집단으로 성추행한 교감이 무죄라고 주장하는 사람들을 달갑게 생각할 리는 없었다.

생각에 잠길 때 이메일이 들어왔다.

"……!"

급한 대로 열어젖힌 창규의 시선이 화면에서 멈췄다. 유의할 일이 있었다. 박희양 조사관의 근무 전 출입 자료였다. 놀랍게도 그녀의 딸이 도종완이 교감이 되기 직전에 근무하던 고등학교를 다닌 것이다. 바다 건너 육지의 시골 고등학교였다.

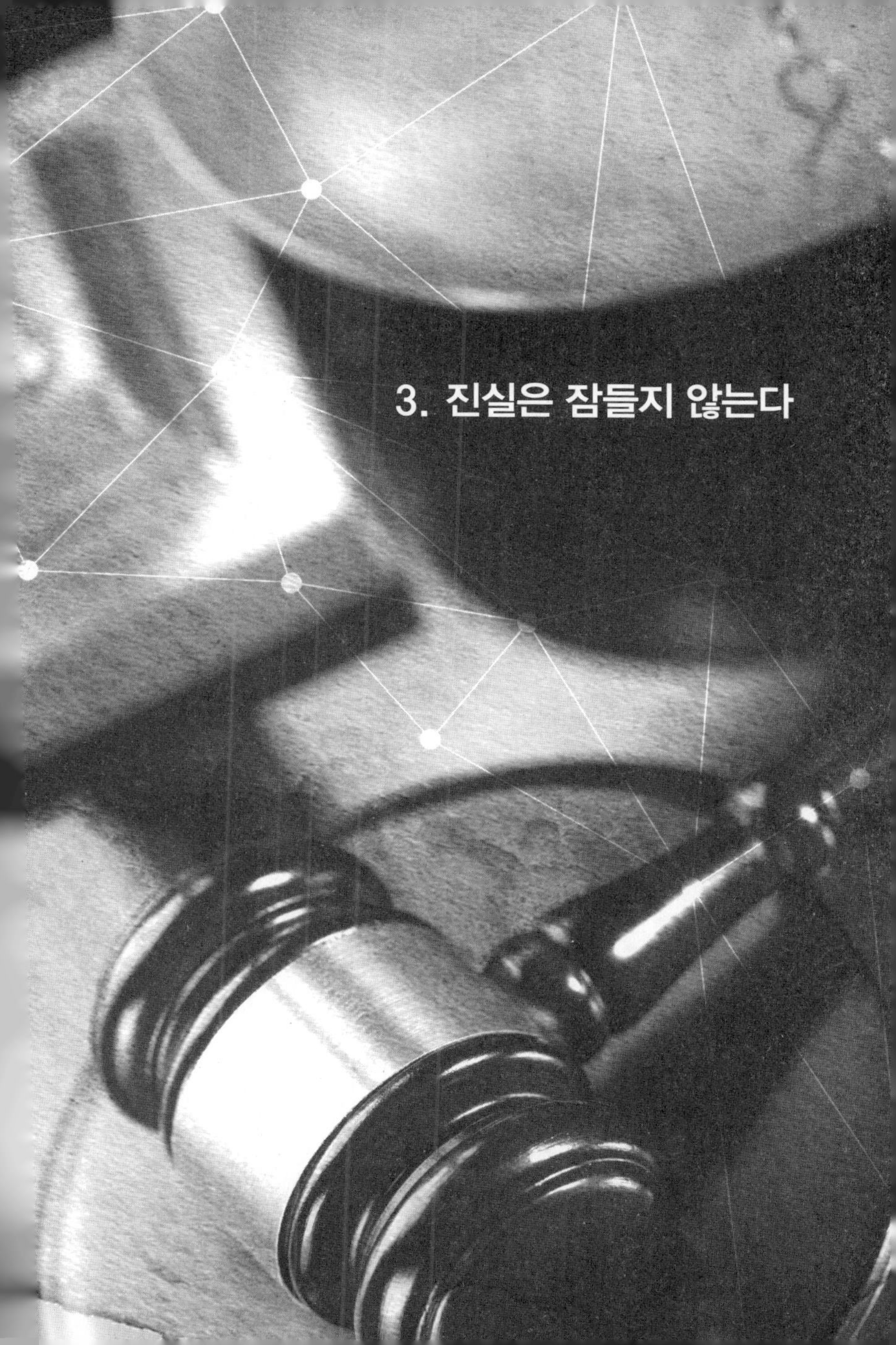

3. 진실은 잠들지 않는다

혹시나 싶은 생각을 읽기라도 한 건지 딸의 이름과 생활기록부가 붙어 있었다.

'역시 사무장님.'

고개를 끄덕이며 도영서를 불렀다.

"여기요."

그녀가 교감의 학교 기록들을 가져왔다. 창규는 차분하게 퍼즐을 맞춰갔다. 박희양의 딸은 변채은. 그녀는 시골 학교에서 3년을 보냈다. 지방 교육지원청으로 내려온 엄마를 따라 서울에서 전학을 온 것이다. 퍼즐은 고3에서 아귀가 맞았다.

당시 3학년 담임이던 도종관, 박희양의 외동딸 변채은의 담임이 되었던 것이다.

'빙고!'

안개 속에서 밑그림 하나를 건지는 기분이었다. 무슨 일이 있었는지는 모르지만 어쨌든 초면은 아닌 상황. 동시에 '그 여자가 거기 있을 줄이야'라는 말도 퍼즐의 한 조각이 되고 있었다.

일단 백지순을 불러 확인을 했다. 그녀는 고개를 저었다. 박희양 조사관은 본 적도 들은 적도 없다고 했다. 창규는 고개를 끄덕였다. 그럴 수도 있었다. 도종완은 본래 학교 얘기를 집에서 잘 하지 않는 편이기 때문이었다.

그사이에 미혜와 영서가 몇몇 남학생을 만나 정보를 가지고 왔다.

"남학생?"

창규가 고개를 들자 미혜가 설명을 했다.

"여학생들에게는 함구령이 내려졌대요. 하지만 남학생들은 아니죠. 그런데 여학생은 누굴 만나나요? 걔들이 자기 남친들 만나서 다 불게 마련이거든요."

"오!"

감탄이 절로 나왔다. 퍼즐에 골똘하던 창규가 생각지 못한 혜안이었다.

"걔들 통해서 유송이와 곽세화 등의 주동자(?)들도 만났어요. 자기들은 일이 이렇게 될 줄 몰랐다네요. 그냥 교감 선생님이 순간적으로 얄미워서 했던 일인데 너무 커져서 불안해 죽겠대요. 하지만 교감 선생님이 성추행한 적은 없다고 해요. 가끔 할아버지처럼 머리에 꿀밤을 주거나 졸 때 어깨를 교편으로 민 적은 있는데 그건 기분이 좀 나쁘긴 했대요. 그 문제로 교감 선생님께 문자를 보낸 적도 있다고 하던데……."

"문자?"

"확인은 못 했어요. 보내고 나서 지웠다고 하더라고요. 하지만 보낸 건 사실이래요."

"누가?"

"유송이하고 곽세화요. 다른 아이도 네 명쯤 된다고 하던데요?"

"영서 양."

창규가 영서를 바라보았다.

"아빠가 그런 말 한 적은 없어요. 워낙 안 좋은 일은 식구들에게 안 하는 성격이시라… 아빠 핸드폰이 있기는 한데……."

영서가 주인 없는 핸드폰을 가져왔다. 하지만 열어볼 수 없었다. 비밀번호가 걸린 것이다. 그건 아내와 딸도 모르고 있었다.

"그래도 경찰 조사에서는 밝혔을 거예요. 형사 아저씨들이 문자를 확인했다는 걸 제가 들었거든요."

"미혜 씨."

창규가 미혜에게 신호를 보냈다. 사무장을 볶아보라는 신호였다.

"법정 증언 얘기는 해봤어?"

"그건 부모님들이 극력으로 반대하나 봐요. 그래서 아쉬운 대로 동영상으로 확보했어요."

사무장과 통화를 끝낸 미혜가 핸드폰을 보여주었다. 화면발이 좋았다. 특히 구체성 면에서 합격이었다. 이마가 닿은 곳, 가시가 박혔던 손가락 등등이 구체적으로 담겨 있었다.

"이야, 미혜 씨도 이제 사무장님 빰치겠네?"

"웬걸요. 실은 사무장님이 다 알려주신 일이에요."

"응?"

"전화해서 SOS 쳤거든요. 변호사님 고생하는데 저는 뭐 섬 관광 왔나요?"

"땡큐!"

창규가 웃었다. 매번 그렇지만 직원들 덕분에라도 일할 맛이 나는 창규였다.

오래지 않아 사무장에게 연락이 왔다. 수사 형사들과 선이 닿은 모양이었다. 정보는 사진을 첨부한 문자로 들어왔다.

[교감 샘, 죄송해요. 일이 이렇게 될 줄 몰랐어요. 용서해 주세요.]

[장학사가 오면 야자 안 하게 해줄 줄 알고 그랬어요. 미안해요.]

[체했을 때 등 쳐준 걸 브래지어 끈 만졌다고 썼어요. 그때 교감 샘 때문에 금세 나았는데… 교감 샘이 무사하도록 기도할게요.]

"……!"

창규의 표정이 확 펴졌다. 소송에 있어서 중요한 물증 하나가 더 추가되는 순간이었다.

그때 바지락 채취를 위해 뻘에 나갔던 백지순이 돌아왔다.

"어휴, 죽은 사람만 억울하지. 장학사니 조사관이니 하는 것들은 새로 온 교장, 교감과 회나 처먹고 있고……."

그녀의 한숨이 창규 귀를 울렸다.

"혹시 그거 저희 주시려는 건가요?"

마당에 내려선 창규가 물었다.

"네, 이런 거라도 드려야죠. 이 바지락은 해감 안 해도 되니 국물 맛이 시원할 거예요."

"그럼 조금만 기다리세요. 금방 돌아오겠습니다."

"어디 가시게요?"

미혜가 물었다.

"미혜 씨는 사모님 돕고 있어. 오래 걸리지 않을 거야."

쌍식귀!

창규는 두 식귀를 불러냈다. 여기서 쓰면 남지 않는 사용권. 하지만 혼귀들의 오더가 들어와 있으니 위로로 삼았다. 더구나 마음에 걸리는 게 있었다.

—그 여자가 거기 있을 줄이야.

만약 창규의 직감처럼 조사관과 교감이 악연이라도 있다면 소송 전에 알아야 할 필요도 있었다.

'즉석에서 채취한 자연산 바지락값으로 그 정도면 충분하겠지?'

창규는 해안의 횟집을 향해 걸었다.

조사관 일행은 바깥 파라솔 테이블에 있었다. 창규는 몇 미터 떨어진 빈 테이블을 차지했다.

"산낙지 한 접시하고 맥주 한 병 주세요."

주문을 넣자 조사관 일행이 돌아보았다. 낙지 탕탕이가 나왔다. 푸짐하게 차린 저들의 안주에 비하면 초라하기 그지없는 접시였다.

"허, 요즘 로스쿨 생긴 이후로 변호사들 일거리가 없다더니……."

"그러게 말입니다. 저도 얼마 전에 층간 소음 소송이 들어

와서 학을 뗐었습니다. 교육공무원이라는 신분을 약점으로 삼아 터무니없는 합의를 보자고 하더군요. 변호사라는 놈이 새파랗던데 아주 돈독이 올랐더라고요."

교장과 교감은 알아서 기었다. 그사이에 창규는 낙지를 집어 들었다. 방금 탕탕탕을 끝낸 탓인지 나무젓가락에 붙어 떨어지지 않았다.

이 끈기처럼.

죽은 교감의 명예를 찾아보자.

창규의 식귀가 조사관에게 날아갔다.

—일단 기본부터.

박희양은 진정한 소식가이자 채식주의자 쪽이었다. 아침은 주스, 점심은 주스, 저녁은 생식 내지는 야채과일샐러드에 청정 우유 한 잔. 일반적인 사람들과는 판이한 식단이었다. 덕분에 자주 먹는 게 있었다. 변비약이었다. 변비약 파일이 상당한 것으로 보아 매번 변비약에 의존하는 모양이었다. 채식하면 변비 없다는 것도 예외가 있는 모양. 하긴 어쨌건 먹는 양이 너무 작았다. 덕분에 40대면서도 몸매는 30대처럼 보이는 편이었다.

그런데…….

"……!"

주변 정보에서 벗어나 '도종완' 관련 섭취물을 찾을 때였다.

관련 음식이 나오지 않았다. 커피도 없고 물도 없었다. 혹시나 싶어 날짜를 짚어보았다. 손 없는 날은 내일이었다. 하긴 방금 다른 섭취물 리딩에 성공한 창규였다. 손 없는 날하고는 상관이 없는 것이다.

그런데 왜?

다른 측면으로 접근했다. 학교 이름, 집단 성추행, 섬 이름……. 그러자 작은 파일 몇 개가 나왔다. 하지만 기자회견이나 교육감에 대한 경과 보고, 혹은 회의 자리였다. 거기서는 건질 게 없었다. 창규가 이미 확보한 말의 나열일 뿐이었다.

둘은 분명 만났다. 최소한 한 번 이상 만났다. 그렇다면 결론은 둘이 만난 자리에서 아무것도 먹지 않았다는 거였다.

"캑캑!"

창규가 밭은 기침을 토했다. 무심결에 삼킨 낙지 빨판이 목구멍에 달라붙은 것. 주인이 달려와 찬밥을 건네주었다. 그걸 한 입 삼키고서야 겨우 정신이 드는 창규였다. 박희양의 얼굴에는 어이없다는 듯 비웃음이 가득해 보였다.

"허, 나참… 수준하곤……."

"변호사 맞아?"

교장과 교감은 두 귀빈을 모시고 다른 곳으로 가버렸다.

"……!"

창규는 황당했다. 쌍식귀까지 동원했는데 소득이 없는 것이다.

징계 처분과 조사 과정.

그걸 알아야 재판 과정이 유리할 일. 그러나 쌍식귀가 리딩을 하지 못하는 데야 어쩔 도리가 없었다.

“어유, 저 육지 여자, 예쁜 척은 혼자 하더니 핸드폰을 놓고 갔네. 칠칠치 못하게시리.”

테이블을 치우던 여주인이 툴툴거렸다.

창규도 일어나 터덜터덜 걸었다. 중학교 앞에 서니 언덕 위의 묘지 터가 보였다. 자신도 모르게 그곳으로 걸었다.

무덤 앞에 섰다.

젠장!

사자가 잠깐만 걸어 나와준다면 얼마나 좋을까?

당사자가 죽은 소송은 이래서 어렵다. 묘지석 앞의 종이 술잔이 보였다. 백지순이 놓고 간 모양이었다. 죽은 사람에게 주구장창 부어주는 음식과 술들… 그러고 보니 교감도 자살 직전에 부모 묘에 술을 올렸다. 약간의 술도 마셨다고 했다. 그 술은 시신 속에 있겠지…….

“……?”

순간 창규 머리에 벼락이 스쳐 갔다. 교감의 시신은 매장이었다. 묻은 지 고작 3일.

혹시…….

혹시 가능할까? 창규의 눈은 묘지에 꽂힌 채 떨어지지 않았다.

믿음…….

그것에서 출발했다.

—이 일은 가능하다.

왜냐하면 명계수임을 한 적이 있으므로.

—이 일은 가능하다.

왜냐하면 도종완의 육체가 있으므로.

창규는 온 힘을 다해 무덤을 겨누었다. 도종완 교감님. 응답하세요. 당신을 도우러 왔습니다. 그러니, 흙 한 줌으로 가려진 당신의 육신, 그 안에 있는 섭취물의 기원을 리딩하게 하세요. 당신이 진정으로 결백하다면 말입니다.

휘이잉!

묘지에 홀연 서늘한 바람 한 줄기가 몰아쳤다. 처음에는 실바람이었다. 점점 강해졌다. 마침내 그 바람이 줄기를 이루자 봉분 위의 뗏장풀이 흔들리는 게 보였다. 다른 곳에는 바람이 없는데 뗏장에만 몰아치는 것이다. 창규는 신이한 마음에 한 발 물러섰다. 혼귀왕이라도 등장하려는 걸까? 그러다 종이컵 밟는 소리에 걸음을 멈췄다. 순간, 뗏장 위로 잿빛 안개가 풀썩 배어 나왔다.

아!

창규 입에서 짧은 신음이 나왔다.

신안.

이미 현실이 되면서 가슴과 눈에 울컥함이 전해왔다. 아아, 신음이 한 번 더 나왔다. 카테고리가 보인 것이다. 눈에 익은 생자의 것과 달랐다. 이는 두말할 것 없이 도종완의 섭취물이었다. 창규는 진심으로 경의를 표했다. 그런 다음 쌍식귀를 몰아쳤다. 서둘렀다. 사자의 것이니 생자와 다를 수 있었다. 혹시라도 짧은 시간에 사라지면 낭패가 되는 것이다.

[박희양]

조금 사납게 이름을 앞세웠다. 창규의 바람을 아는지 생생한 폴더 하나가 펼쳐졌다.

[첫 만남]

논리적으로 몰아치려면 순서가 필요했다. 파일은 홍삼 음료수였다. 박희양의 딸이 다녔다는 시골 고등학교의 교무실이었다.

"하나 드세요. 잘 부탁드립니다."

박희양이 도종완에게 고개를 숙였다.

"교육지원청에 오신 사무관님이셔. 변채은 학생 어머니."

박희양을 데려온 고2 담임이 말했다. 도종완과 박희양의 첫 만남이었다. 특별하지는 않았다. 둘은 그저 담임과 학부형이었다.

두 번째는 좀 달랐다. 학교에서 가까운 해변가였다. 이 고등학교는 내륙의 가장 바깥에서 해변에 인접해 있었다.

"도 선생님, 제발 한 번만 살려주세요."

박희양의 목소리가 자지러졌다.

파라솔 테이블에서 박희양이 봉투를 내밀었다. 변채은 때문이었다. 그녀가 같은 학급 장애 학생의 따귀를 친 것이다. 따귀보다 더 큰 건 언어폭력이었다.

"병신 찐따 년이!"

그 말은 피해 학생에게 대못이 되었다. 결국 학생 부모가 항의를 해왔다. 가해자인 변채은을 학폭위에 넘기고 다른 학교로 보내라는 요구였다. 박희양은 그 무마를 위해 달려온 참이었다.

"저한테 하나밖에 없는 아이예요. 아빠 없이 혼자 기르다 보니 약간 모난 데가 있어요. 제가 책임지고 수습할 테니 한 번만 기회를… 우리 아이는 꼭 아빠의 모교인 K대에 가야만 해요."

박희양은 눈물로 읍소를 했다. 그즈음 도종완은 변채은의 실체를 파악한 상태였다. 이 아이는 문제아였다. 친구들 말에 의하면 개싸가지 과에 속했다.

그녀는 사실 시골 학교에 오고 싶지 않았다. 그건 박희양의 결정이었다. 박희양이 노린 건 '농어촌특별전형'이었다. 서울의 중학교에서 중위권에 머물렀던 변채은. 교육청에 근무하기에 아이의 대학 라인을 잘 아는 박희양이 뽑아 든 '묘수'였다. 그걸 위해 서울에서 지방 교육지원청 전출을 마다하지 않은 것이다.

변채은이 노리는 건 농어촌특별전형과 더불어 입학사정관 전형. 그걸 위해 1학년 때부터 담임과 교감을 구워삶아 어느 정도 스펙을 조작해 둔 상황이었다. 이런 차에 장애 학생 폭행 건이 터졌다. 이게 표면화되면 특별전형은 물 건너가는 것. 그렇기에 박희양이 물불 가리지 않은 것이다.

하지만!

그녀는 사람을 잘못 보았다. 상대는 도종완이었다. 이 학교에서도 고지식하기로 소문난 선생. 그렇기에 무려 1,000만 원짜리 금두꺼비에도 눈길을 주지 않고 있었다.

"선생님이 안 봐주시면 우리 모녀는 죽어요. 제가 먼저 물에 빠져 죽고 말 거예요. 채은이 아빠 죽을 때 아이를 꼭 K대 보내겠다고 약속했는데 내가 무슨 낯으로 살아요."

"……."

"도 선생님, 제발… 한 번만 눈감아주세요."

"……."

"그럼 이거……."

도종완이 눈을 감자 박희양이 금두꺼비를 밀어주었다. 그때 핸드폰이 울렸다. 박희양은 패턴을 그려 전화를 받았다.

"엄마 지금 선생님 만나는 중이거든. 끊어."

거칠게 놓은 핸드폰이 모래 위로 떨어졌다. 그걸 주워 올린 박희양은 가엾은 표정으로 도종완의 처분을 기다렸다. 도종완은 금덩이를 받지 않았다. 이걸 봐주면 그동안 자신이 교단에서 쌓은 신념이 무너질 일이었다.

지금까지 교사의 양심이라는 스펙 하나로 버텨온 도종완이었다. 더구나 변채은의 이 사건은 일방적이고 고의적이며 장기간에 걸쳐 일어난 일. 여기서 변채은의 편을 들면 바다에 뛰어들 사람은 자신과 피해 학생이라고 생각하는 도종완이었다.

도종완은 원칙대로 처리했다. 교감과 함께 변채은의 고1, 고2 담임들까지 나서 말렸지만 학폭위에 넘겼고 변채은은 전학 조치를 당했다. 마지막 날, 두 모녀의 저주가 도종완의 망막에 맺혔다.

"얼마나 고상한 선생으로 사는지 지켜볼게요."

"시골 촌구석 선생이나 평생 해먹으라지."

엄마와 딸의 저주는 온도 차이도 없이 저렴했다.

'아!'

한 번 더 신음이 나왔다. 이런 인연이라니… 동시에 긴장 줄을 팽팽하게 당겨놓았다. 이런 배경이 있다면 박희양의 보복이 작렬할 수도 있는 사안이었다.

"……!"

생각을 다듬는 사이에 변화가 생겼다. 무덤 뗏장에 불던 바람이 시들해진 것이다. 동시에 그나마 알아볼 만하던 섭취물 카테고리가 희미해지기 시작했다. 제한 시간이 있는 걸까? 창규는 리딩에 더욱 박차를 가했다.

[집단 성추행 사건 박희양]

이제 핵심으로 넘어갔다. 교육지원청이 나왔다. 리딩의 매개체는 청심환이었다. 건물 앞의 도종완은 청심환부터 마셨다. 30여 년 동안 교육자 생활을 해온 그지만 초조함이 가득한 얼굴이었다. 그는 출두를 앞두고서야 사안을 알았다. 성추행 건에 연루가 되었다는 것. 이런 신고는 드물지 않게 일어나는 일이었다. 그래도 기분은 좋지 않았다.

"……!"

조사관실을 열었을 때 도종완은 굳어버리고 말았다. 조사관 때문이었다. 검은 정장 바지에 빨간 블라우스를 입고 창틀에 기대선 여자. 팔짱을 끼고 냉소를 머금고 있는 여자는 박희양이었다.

"오랜만이죠?"

첫마디부터 오싹한 느낌이 왔다. 도종완은 등골을 타고 내리는 땀에 젖으며 의자에 앉았다. 예감은 빗나가지 않았다. 그녀는 일방통행적 조사를 했고 도종완의 진술은 거의 무시해버렸다. 예, 아니오. 거의 그 수준의 강압적 분위기였다. 과정도 그녀에게 유리했다. 이미 작심한 그녀와 오라기에 불려 온 도종완. 나중에야 이래서는 안 되겠다는 생각에 수습에 나섰지만 역부족이었다.

"그렇게 고고하시던 분이 성추행이라뇨? 그것도 전교생을 상대로?"

조사를 마친 그녀가 싸아한 한마디를 던져놓았다.

"성추행하지 않았습니다."

도종완이 부인했다.

"그때 우리 채은이 담임 맡았을 때도 이랬죠? 채은이 말이 여학생들 많이 주무르는 것 같다고 하던데……."

"이봐요."

"흥, 뭐라고요? 접촉은 인정하지만 성추행은 아니라고요? 그거 아세요? 성추행은 가해자가 결정하는 게 아니라 피해자와 내가 결정한다는 거."

내가.

박희양이 강조한 단어였다.

"당신?"

"이 자리에서는 적어도 내가 힘없는 학생들, 당신 같은 두 얼굴의 선생에게 당하는 아이들 편이거든요."

"내가 말하는 접촉은……."

"말 참 많으시네. 우리 한마디로 정리할까요? 교감 선생님 접촉 말이에요 여학생들이 원한 건가요? 인자한 교감 선생님의 사랑의 손길이라고?"

"……."

"대답하세요."

"……."

고개 젓는 도종완 눈에 창틀의 핸드폰이 보였다. 카메라가 조사 장면 쪽을 향하고 있었다. 핸드폰을 왜 저렇게 세워뒀을까?

"어쨌든 아이들이 원한 건 아니죠?"

박희양의 목소리가 도종완의 잡념을 몰아냈다.

"그렇소."

"됐어요. 가보세요. 원칙 좋아하는 분이니 원칙대로 자알 처리해 드릴게요."

이번에는 '잘'이 강조되었다.

"……."

"왜요? 미련 있어요? 그렇다고 그 주변머리에 봉투 내놓고 봐달라고 할 것도 아니잖아요?"

"돈을 원하는 거요?"

"원하면 줄래요? 하긴 당신 때문에 우리 아이 결국 외국으로 보내느라고 내 등뼈가 휘긴 해요. 당신 책임도 있으니 한 5억 내면……."

"돌았군."

"돈 건 당신이야. 아직도 분위기 파악이 안 돼요?"

"당신이 조사관 위치에 있는 건 알지만 사람을 이렇게 곡해할 수는 없어요. 교육청에서 액면 그대로 받아들이지 않을 겁니다."

"교육청에서 결정 권한 가진 사람이 누군 줄이나 알고 그래요?"

"……?"

"고승덕 국장님… 내가 좀 아는 분인데 미리 각별한 부탁을 해놨어요. 여중생 집단 성추행 사건, 본보기로라도 일벌백계의 징계를 내려달라고."

"……."

"두고 봐요. 당신은 내가 매장시켜요. 당신이 우리 딸 신세 망쳤듯이."

"이봐요. 그 일은……."

"어쩌면 파면이 될 지도 모르죠. 퇴직금도 못 타는."

박희양이 학생들 진술서 복사본을 흔들어댔다. 그게 다시 만난 두 사람의 마지막이었다. 그사이에 뗏장 위의 안개는 거의 사라질 수준까지 이르렀다. 창규는 서둘러 도종완의 자살 결심 과정을 엿보았다.

[소주]

그가 마셨다는 마지막 음식물. 식귀1은 가까스로 파일을 열어놓았다.

디로롱동!

핸드폰이 울렸다. 포구의 작은 술집이었다. 혼자 있던 도종완이 전화를 받았다.

"그래?"

표정이 어두워진다.

"어이가 없군. 여럿이 사람 하나 죽이는 거 어렵지 않다더니……."

깊은 날숨을 쉬는 도종완.

"알았어. 고마워."

통화를 마친 도종완이 술잔의 술을 원샷으로 넘겼다. 그리고 혼잣말처럼 중얼거렸다.

"저희들 멋대로 조사한 진술서를 가지고 징계를 밀어붙여? 게다가 탄원서는 쳐다보지도 않고?"

다시 한 잔 더 더해지는 소주.

"그래. 너희 멋대로 해라. 나 같은 놈 하나 밟는 게 뭐 그렇게 어려울까?"

쪼르륵!

한 잔 더.

"영서야… 여보……."

술잔 위에 끝내 도종완의 눈물이 떨어졌다. 딸과 아내에게 돌아갈 손가락질이 떠오른 것이다. 더구나 딸은 곧 초등학교 선생이 될 사람. 바로 이 교육청 산하 초등학교에 발령을 받을 일.

거기서 도종완은 자살을 결심했다. 많은 공직자들……. 일이 복잡해지면 목숨을 끊었다. 그렇게 종결된 사건이 많았다. 도종완도 그걸 기대했다. 자기 하나 죽는 것으로 정식 징계가 떨어지지 않으면… 적어도 딸은 구제될 수 있었다. 집단 성추행 교감의 딸이라는 멍에를 벗어날 수 있는 것이다.

도종완은 그렇게 유서를 작성하게 되었다. 리딩은 여기서 끝났다. 교감의 섭취물이 쌍식귀도 미치지 못하는 곳으로 가

버린 것이다. 유서의 끝까지도 읽어내지 못했다. 느긋하게 리딩했다면 중간에서 끝났을 일이었다.

'후우!'

창규 입에서 깊은 한숨이 밀려 나왔다. 긴장의 끝이었다.

묘지에서 내려오는데 남학생들이 보였다. 한 학생이 핸드폰을 담장에 고정시켰다. 그런 다음 브레이크 댄스를 연습하기 시작했다. 잠시 멈추고 핸드폰을 확인한다. 각도가 마음에 들지 않는지 학생은 핸드폰 위치를 살짝 바꾸었다.

'박희양…….'

리딩의 한 장면이 스쳐 갔다. 그녀가 창틀에 기대 세워둔 핸드폰. 왜 그랬을까? 혹시? 창규는 그길로 횟집을 향해 뛰었다.

"저기요."

손님 없는 테이블에서 마늘을 까고 있는 여주인을 불렀다.

"한 잔 더 하게요?"

"아뇨. 아까 그 핸드폰 말이에요 교육청 조사관이 놓고 간……."

"왜요? 아직 안 찾아갔는데……."

"그거 잠깐만 보여주실 수 있어요?"

"왜요?"

"이모님 핸드폰 바꿔주려고요. 요즘 40대들은 어떤 폰을 좋아하는지 알 수가 있어야죠."

"어머, 변호사 선생님 착하시네."

"잠깐만 보면 안 될까요?"

"안 될 게 뭐 있어요. 내 것도 아니고 본다고 닳는 것도 아닌데……."

여주인이 조사관의 핸드폰을 건네주었다.

패턴…….

어떤 모양으로 비밀번호를 걸었을까? 그때 저만치 해안에 조사관 모습이 보였다. 이쪽으로 오는 폼이 전화를 찾으러 오는 것 같았다.

'젠장!'

N자도 그려보고 M자도 그리고 Z자도 그렸다. 그래도 뚫리지 않았다. 심박동이 커지며 손가락도 빗나가기 시작했다.

실패.

실패.

실패…….

이걸 그냥 확!

패대기를 치고 싶은 차에 핸드폰이 흘러내렸다. 창규가 얼른 주워들었다. 순간, 리딩의 한 장면이 스쳐 갔다. 박희양이 도종완에게 금두꺼비를 주려던 해안 테이블. 거기서 그렸던 핸드폰의 패턴.

'될까?'

창규는 숨을 죽이고 패턴을 그렸다.

"……!"

열렸다. 박희양의 핸드폰이 대문을 활짝 열어준 것이다. 동영상을 뒤졌다. 조사 날짜에 맞춰 파일을 열자 도종완 모습이 나왔다. 그 파일이었다.

'오케이!'

창규는 바로 전송부터 했다. 그런 다음 전송 번호를 지우고 전화기를 여주인에게 돌려주었다. 동영상은 횟집 뒤에서 확인했다. 제대로였다. 처음부터 끝까지 찍힌 화면. 고맙게도 음성까지 HDR급으로 담겨 있었다.

창규의 뇌리에 단어 하나가 들어왔다. 도 교육청의 고승덕 국장이었다.

뿌우웅!

여객선이 들어왔다. 섬에 오는 사람들이 내리고, 나갈 사람들이 줄을 섰다. 사람들 중에 조사관과 장학사, 교장, 교감이 보였다. 선생들도 몇 명 나와 있었다. 그들 인파 뒤에 창규가 있었다. 조사관을 배웅하려는 것이다. 왜 아닐까? 고마운 영상을 주었으니 그 보답으로 배웅쯤은 할 용의가 있었다.

"먼 길 고생해 가십시오."

교장이 나서 고개를 숙였다. 인사를 따라 창규의 쌍식귀도 리딩에 착수했다. 박희양을 겨눈 것이다.

[고승덕 국장]

창규가 궁금한 건 그것이었다. 너무나 세속적인 기대감. 그러나 박희양이 한 말에 뉘앙스가 있었으므로 기대를 걸었다.

나왔다. 고승덕 국장과 박희양의 만남. 닭칼국수였다. 구수한 냄새와 흰 칼국수가 그 장면을 보여주었다.

"확실해?"

국장이 반주를 곁들이며 물었다.

"전교생 진술서예요. 다른 게 뭐가 필요해요?"

박희양이 진술서 뭉치를 들어 보였다.

"그 양반… 융통성이 없어서 그렇지 그래도 나름 우리 교육청 참스승상이었는데……."

"원래 뒷구멍으로 호박씨 까는 타입이 있거든요."

박희양의 목소리에서 감정이 잔뜩 묻어 나왔다.

"거참……."

"한둘도 아니고 무려 전교생이에요. 2명 빠진 전교생. 이런 성추행은 전무후무할 거라고요. 솔직히 더 큰 추행을 당한 아이 중에는 충격 때문에 침묵하는 아이도 있을 수 있어요."

"하지만 절차상의 무리가……."

"직권조사는 인권 센터의 권한에 속해요. 심의위에서도 만장일치로 중징계 결정을 냈고요. 절대 무리 아니에요."

"탄원서는?"

"그거야 가해자 측의 얄팍한 시나리오잖아요."

"시나리오?"

"도종완은 섬에서 몇 년을 근무했어요. 그 가족들이 나서서 회유와 협박으로 만든 탄원서겠죠. 우리도 그런 거 많이 하잖아요? 동료가 구속 수사 받을 때 탄원서 서명해 달라고 하면 거부할 수 있어요? 저는 뇌물 먹은 직원 탄원서에도 별 수 없이 서명한 적 있어요."

"으음……."

"국장님."

"알았어. 우리 희양이가 그렇다면 그런 거지."

국장은 남은 소주를 다 들이켰다.

소주가 깨기 전에 들른 건 무인 모텔이었다. 명성모텔. 간판이 또렷했다.

딸깍!

소리와 함께 박희양이 나왔다. 목욕 타월로 몸을 가린 모습이었다. 그녀는 국장 앞에서 타올을 내렸다. 나신이 드러났다. 소식과 야채 등으로 관리해 온 몸매는 나름 환상이었다. 국장은 환장을 하고 덤벼들었다. 그의 아내가 암으로 5년째 투병

중인 탓도 있었다.

고양이와 늑대의 음탕한 신음이 모텔을 흔들었다. 그 장면은 건너뛰었다. 국장은 아랫배 출렁이는 몸매. 굳이 감상할 마음도 없었다.

"잊으시면 안 돼요."

관계가 끝나자 박희양이 한 번 더 강조했다.

"알았어. 우리 희양이 말을 믿어야지. 평판 좋아… 일 잘해… 게다가 몸매도 좋아."

국장은 뒤에서 박희양을 껴안았다.

"이번 징계 끝나면 여행 가요. 한 2박 정도?"

"정말? 정말 그래줄 거야?"

국장이 반색을 했다.

"부산 제국호텔 한 번 더 가고 싶다고 노래했죠? 예약해 둘게요."

"오케이, 역시 희양이는 화끈하다니까."

국장은 한 번 더 자지러졌다.

그만.

창규가 리딩을 멈췄다. 배가 출발하기 직전이기도 했고 더 이상의 사생활을 엿볼 필요가 없기도 했다. 장학사와 박희양이 배에 올랐다. 둘은 나란히 2층으로 올라갔다. 교장과 교감이 손을 들어 보였다. 그 뒤에서 창규도 손을 들었다.

“……!”

창규를 본 박희양, 그 입가에 냉소가 번지는 게 보였다.

‘그래. 실컷 웃으셔. 머잖아 그 웃음이 눈물로 변할 테니.’

창규는 오랫동안 손을 흔들어주었다. 증거를 보여준 그녀에 대한 예의였다.

*　　　*　　　*

“유송이 집에 가자고요?”

창규의 말에 영서가 바로 시선을 들었다.

“네.”

창규의 대답은 태연했다.

“걔네 아빠 고집불통인데… 아마 증인 허락 안 할 거예요.”

“곧 허락하게 될 겁니다.”

“변호사님… 잘못하면 봉변을…….”

“괜찮다니까요. 어차피 소송이라는 게 가끔 봉변도 당하고 그러는 거예요.”

“…….”

“자, 미혜 씨. 출발!”

창규가 앞서 걸었다. 그러자 영서도 마지못해 따라나섰다. 창규는 걱정하지 않았다. 어제와는 다른 오늘이었다.

"증인?"

유송이 아빠의 목소리는 여전히 경계심 투성이였다. 외딴 섬에 일어난 집단 성추행 소동. 그 일의 중심에 놓여 버린 어린 딸. 기자에 선생들, 교육청 공무원까지 드나들었으니 몸서리를 칠만도 했다.

"일 없수다. 우리 송이 아직 어려요. 그만 가보슈."

"제 말은 상황이 변하면 고려해 달라는 겁니다."

"무슨 상황? 도 교감이 살아서 오기라돈 한대?"

"며칠 내로 변화가 있을 겁니다. 그렇게 되면 좀 부탁합니다."

"……."

"아버님."

"알았수다. 변호사 선생 말처럼 도 교감 결백이 증명이라도 된다든가 하면 허락하겠소."

유송이 아빠의 반승낙이 나왔다.

"고맙습니다."

창규는 인사를 하고 나왔다. 다음 학생의 부모들도 같은 방법으로 부탁을 했다.

"결정적인 변화가 생기면 증언 협조를 좀……."

알았소.

반은 귀찮은 마음에, 반은 어차피 그런 일은 없을 거라는 생각에 다들 고개를 끄덕여 주었다.

“오케이, 미혜 씨, 내일 아침 첫 배 예약해.”

“첫 배로요?”

“응, 마무리는 서울에서 해야 할 거 같아.”

“변호사님…….”

영서가 창규를 바라보았다.

“걱정 말아요. 승기를 잡았습니다.”

“정말요?”

“네. 잘하면 모레나 글피쯤 결정적인 변화가 나타날 겁니다.”

“네…….”

영서는 반신반의하는 분위기였다. 그 마음을 알아차린 창규가 한 번 더 강조해 주었다.

“딱 이삼 일만 기다려 보세요. 알았죠?”

창규의 공언은 이틀 후에 현실이 되었다. 학교로 가기 위해 준비하던 영서, 아침 뉴스를 보다 발딱 뒤집어졌다. 뉴스에 도교육청 국장과 박희양 조사관이 나온 것이다.

“엄마, 엄마!”

영서 목소리가 찢어졌다.

“왜? 또 바퀴벌레라도 나왔어?”

“나왔어. 그 인간 바퀴벌레들. 빨리 좀 와봐. 조사관 그 여자가 아빠에게 억하심정이 있었대."

"뭐야?"

백지순은 행주를 팽개치고 화면 앞으로 다가앉았다. 화면 상단에는 국장과 박희양의 사진이 떠 있었다. 앵커 아래쪽으로 헤드라인이 흘러갔다.

—집단 성추행 자살 교감, 감정 조사 가능성 높아.

—인권 센터 조사관, 과거 딸의 학교 폭력 문제로 앙금.

—개인감정 앞세워 무리한 직권조사 강행.

—조사 과정에서 5억 무마 제의 밝혀져.

—교육청 국장, 조사관과 불륜 관계 사이라 무리한 징계 수용한 듯.

화면에는 긴급 체포되는 국장과 박희양이 보였다. 이어서 증거 영상과 자막이 나왔다. 도종완과 박희양의 조사실 장면이었다.

P. 오랜만이죠?

시작은 박희양의 목소리였다.

D. 성추행하지 않았습니다.

P. 접촉은 인정하지만 성추행은 아니라고요? 그거 아세요? 성추행은 가해자가 결정하는 게 아니라 피해자와 내가 결정

한다는 거.

P. 가보세요. 원칙 좋아하는 분이니 원칙대로 잘 처리해 드릴게요.

P. 미련 있어요? 그렇다고 그 주변머리에 봉투 내놓고 봐달라고 할 것도 아니잖아요?

D. 돈을 원하는 거요?

P. 원하면 줄래요? 하긴 당신 때문에 우리 아이 결국 외국으로 보내느라고 내 등뼈가 휘긴 해요. 당신 책임도 있으니 한 5억 내면…….

D. 돌았군.

P. 돈 건 당신이야. 아직도 분위기 파악이 안 돼요?

D. 당신이 조사관 위치에 있는 건 알지만 사람을 이렇게 곡해할 수는 없어요. 교육청에서 액면 그대로 받아들이지 않을 겁니다.

P. 교육청에서 결정 권한 가진 사람이 누군 줄이나 알고 그래요?

P. 고승덕 국장님… 내가 잘 아는 분인데 미리 각별한 부탁을 해놨어요. 여중생 집단 성추행 사건, 본보기로라도 일벌백계의 징계를 내려달라고.

P. 두고 봐요. 당신은 내가 매장시켜요. 당신이 우리 딸 신세 망쳤듯이.

"……!"

마지막 말이 백지순과 영서 가슴에 못을 박았다.

퍽퍽!

가슴에서 피가 튀었다.

거센 파도처럼 개인감정이 선명한 목소리……. 그 개인감정은 기자의 부연으로 알게 되었다. 장애인 동급생을 폭행한 고3 딸을 봐주지 않았다는 것. 그래서 그 딸이 농어촌특별전형으로 K대에 가지 못하고 외국으로 떠밀려 갔다는 것. 그로 인해 억하심정을 품고 있다가 이번 기회에 제대로 직권을 남용했다는 것.

대화 중간에 나온 금전 제의 또한 문제가 되었다. 돈을 내면 무마해 주겠다는 의도와 제의가 담긴 까닭이었다.

마무리에 나선 앵커의 말은 백지순과 영서에게 희망의 쓰나미로 몰려왔다.

—자살한 도 교감의 유가족들은 현재 도 교육청과 인권 센터를 상대로 소송을 제기한 상태입니다. 하지만 부적절한 조사와 징계 과정이 폭로됨에 따라, 법조계에서는 도 교감이 명예를 회복할 것으로 예상 중입니다. 아울러 교원 단체에서는 무리한 조사로 교권을 짓밟은 인권 센터에 대한 총궐기를……."

"엄마!"

거기서 영서도 소리를 지르고 말았다.

"영서야!"

백지순은 그대로 통곡을 터뜨렸다.

"엄마!"

"영서야아!"

둘은 서로를 부둥켜안고 미친 듯이 울었다. 방문이 왈칵 열리는 것도 모른 채.

"영서 언니!"

문 앞에 선 사람은 유송이와 곽세화, 그리고 친구들, 나아가 그들의 부모들이었다.

"송이야, 세화야……."

그제야 눈물범벅으로 돌아보는 영서.

"언니, 뉴스 봤어?"

"그래."

"엄마 아빠가 허락했어. 재판 열리면 같이 가서서 증언 서주시겠대."

"언니, 나도!"

"나도!"

유송이의 친구들이 합창을 했다. 그때 영서 핸드폰이 울렸다. 서울의 창규였다.

"변호사님!"

영서가 반색을 했다.

—뉴스 봤어요?

"네, 아빠 제자들하고 부모님들이 다 오셨어요. 증언도 서주겠대요. 그런데 어떻게 된 거예요?"

—뭐가요? 내가 미리 예고하지 않았나요?

"그럼 그 말씀이?"

—그래요. 아직 재판이 끝난 건 아니지만 우리가 유리한 고지를 선점하게 되었어요. 도종완 교감님은 명예를 회복할 수 있을 겁니다.

"고맙습니다. 정말 고맙습니다."

—하지만 이 말 명심하세요. 어쩌면 교육청 관계자들이 소취하 후 합의하자고 나올지 몰라요. 미리 말하는데 소 취하할 생각은 마세요. 이건 정식으로 판결을 받아야만 하는 사안입니다.

"걱정 마세요. 우린 무조건 변호사님만 따를 거예요."

통화하는 사이에 영서 핸드폰에 불이 나고 있었다. 카톡과 문자가 쏟아진 것이다.

—그럼 차분하고 당당하게 학교 생활 하세요. 조사관과 국장이 움직일 수 없는 증거로 구속되었으니 크게 걱정하지 않

아도 돼요."

"네, 변호사님."

—학교 가기 전에 교감 선생님 묘지에 소식 전해주시고요.

"그럼요. 지금 당장 달려갈 거예요."

—그럼 힘내요.

전화가 끊겼다. 영서는 백지순과 함께 도종관의 묘지로 뛰었다. 묘지에는 학생들이 몇 보였다. 소식을 들은 남녀 학생들이 참배를 온 모양이었다. 묘 앞에는 꽃이 많았다. 뒤따라온 유송이와 곽세화 등이 꽃을 보태놓았다. 꽃은 딱, 전교생만큼의 숫자였다. 제자들에게 인정받는 선생. 도종완은 거기서부터 명예를 되찾은 셈이었다.

같은 시간, 창규는 여의도 중식당에서 배달일보 도병찬 차장을 만나고 있었다.

"으아, 화면 좋고……."

벽에 걸린 텔레비전 뉴스를 보며 도병찬이 너스레를 떨었다. 뉴스를 만든 건 물론 창규와 도병찬의 합작이었다. 서울로 올라온 창규는 만사를 제치고 도병찬을 만났다. 창규의 부탁으로 도병찬은 방송국 뉴스 담당 기자를 동석시켰다. 거기서 몇 가지를 넘겨주었다. 인권 센터 조사실의 동영상과 무인 모텔 인근의 CCTV 화면, 그리고 제국호텔 숙박 기록부였다.

즉석에서 자료를 검토한 도병찬과 방송기자는 보도를 약속해 주었다. 그렇잖아도 관심이 있던 사건. 이만한 팩트 소스를 얻었으니 그들에게도 기막힌 특종감이었던 것.

"편집 죽이던데요?"

창규가 맞장구를 쳤다.

"그렇지? 유 차장 그 친구, 짜깁기 하나는 귀신이거든. 특히 5억 쪽이 압권이었어. 앞뒤 다 자르니까 5억 내면 봐줄게가 되잖아?"

"솔직히 거기서는 흡족하면서도 좀 슬펐습니다."

"왜?"

"방송이나 신문은 그런 게 너무 많잖습니까? 앞뒤 자르고 보도 의도에 맞춰 넣기."

"그게 뭐… 딱히 의도라기보다 앞뒤까지 다 보도하기엔 시간이나 지면이 모자라니까 일목요연하게……."

"아무튼 이번 경우에는 만족입니다. 그 여자가 5억을 먹으려는 의도는 아닐 수도 있지만 도 교감의 성추행 사건 역시 같은 맥락이라는 걸 처절하게 깨닫는 구간이 될 테니까요. 자기도 지금쯤 경찰에서 5억 제의 결백 주장하느라 팔짝 뛰고 있을 거 아닙니까?"

"장군 멍군이다?"

"제 말이……."

"하지만 도 교감은 죽었잖아? 그게 다르지."

"그러게 말입니다. 사람의 감정이라는 거 무섭죠? 박희양 조사관. 그전까지 일 처리 한 거 보니까 좌우에 지우치지 않으면서도 학생들 인권을 잘 지켜주는 쪽이었던데."

"남의 일에는 관대하지만 내가 얽힌 일에는 편협한 사람들 많아. 그 여자 보니까 고고하고 도도한 성향이던데 딸의 장래를 위한 제의를 거절당할 때 그 잘난 자존심에 쓴 고춧가루가 뿌려졌을 거야. 그 아린 맛 때문에 감정 제어도 못하고 무리수를 둔 거지."

"어쨌든 덕분에 큰 짐 하나 덜었습니다. 해서 오늘 점심은 제가 쏩니다."

"왜 이래? 나도 큰 건 하나 터뜨렸다고 편집국장님 칭찬 좀 받았으니 점심은 내가……."

"그럼 앞으로 다른 소스 못 드립니다."

창규가 선을 그었다.

"에? 그건……."

"그러니까 양보하세요. 주문은 뭐든 시켜도 됩니다."

"에라, 모르겠다. 그럼 기왕 얻어먹는 김에… 여기요!"

도병찬이 종업원을 불렀다.

"여기 샥스핀에 제비집 요리, 곰발바닥에 불도장, 모기눈알 요리 곱빼기……."

"……?"

"…는 다음에 먹기로 하고 불해물짬뽕으로 곱빼기!"

도병찬은 농담을 섞어 창규를 골려 먹었다. 창규 역시 같은 걸 시켰다. 불해물짬뽕에는 낙지가 듬뿍 들어 있었다.

낙지를 보니 섬에서 먹은 낙지가 생각났다.

박희양이 핸드폰을 잊고 간 것. 어쩌면 낙지 때문일지도 몰랐다. 창규가 컥컥거리는 통에 너무 고소해 정신 줄을 놓은 것이다. 덕분에 창규는 결정적인 물증을 잡았다.

'땡큐…….'

고마운 낙지에게 인사를 했다. 이번에는 목에 걸리지 않고 맛나게 먹었다.

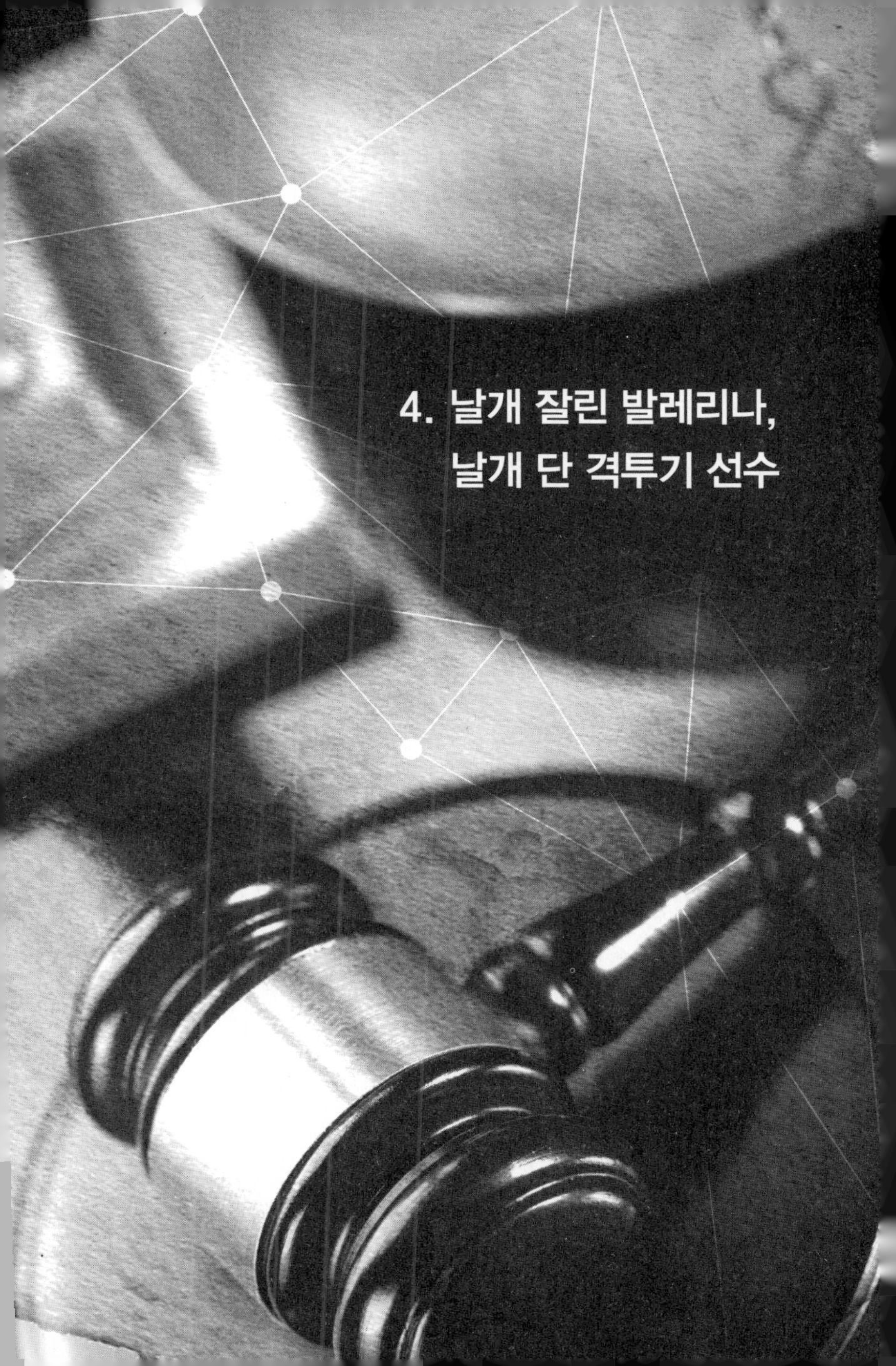

4. 날개 잘린 발레리나, 날개 단 격투기 선수

뽁!

일범이 숙취 해소 음료 뚜껑을 열었다.

"쭉 드세요."

"권 변은?"

"저는 마셨습니다."

"다른 사람들은?"

"다 하나씩 돌렸습니다."

"그럼 땡큐."

창규가 숙취 해소제를 원샷했다.

"기자회견은 어쩔까요? 사무장님이 저한테 떠미는데……."

"몇 군데야?"

"인터넷 방송까지 해서 한 10여 군데 됩니다."

"시원하게 정리하는 게 낫겠지?"

"저야 물론……."

"그럼 다 오라고 해. 한꺼번에."

"알겠습니다."

일범은 환한 미소를 짓고 나갔다. 기자들은 머지않아 몰려왔다.

"신이 도왔습니다. 소송을 준비하는 동안 많은 제보가 들어왔는데 박희양 조사관과 도 교감님의 관계, 조사관과 도 교육청 실권 국장과의 불륜 등도 거기 포함되어 있었습니다."

창규는 사건의 실마리를 그렇게 해명했다.

"하지만 그걸 판단하고 실제로 증명한 건 강 변호사님의 노력과 능력 아닙니까?"

기자들의 질문이 날아왔다.

"유족들의 헌신적인 협조 덕분입니다. 아버지와 남편의 누명을 벗기려고 노력하는 유가족을 보니 작은 가능성 하나도 허투루 다룰 수가 없었던 거죠."

"실례지만 이번 소송의 수임료를 물어도 될까요? 원하신다면 저희 기자들만 알고 공개하지 않겠습니다."

"그렇게까지 하실 필요는 없고요, 도영서 양의 허락을 받았으니 계약서를 공개할 수는 있습니다. 하지만 기사로는 다루지 마시기 바랍니다."

창규가 수임 계약서 사본을 건네주었다. 거기 적힌 수임료는 500+500만 원이었다.

"1,000만 원이라는 겁니까?"

기자 하나가 물었다.

"그렇습니다."

"그런데 왜 500+500입니까? 500 하나는 성공 보수입니까?"

"성공 보수가 아니라 성공 기부금입니다."

"성공 기부금?"

"아직 재판이 끝난 게 아니니 조심스럽지만 유족 측에서는 도 교감 선생님의 결백이 입증된다면 그분 연금으로 나올 돈의 500만 원을 떼어서 뜻있는 일에 쓰겠다고 약속했습니다. 자칫 파면 징계가 나오면 연금은 물론 도 교감 선생님이 부은 기여금도 못 찾을 판이었으니까요. 그래서 500+500입니다."

"아!"

"그러니 꼭, 꼭 비공개를 부탁드립니다. 피고 측에서 본다면 저희가 언론 플레이로 피고를 압박한다고 항변할 수 있거든요. 파렴치한 사람들에게 빌미를 제공하고 싶지 않습니다."

"하지만 조사관의 개인적인 감정 개입, 조사관과 국장의 불륜 거래로 얻은 중징계 결재… 다 사실로 밝혀지고 있습니다. 그들은 그런 말을 할 자격이 없습니다. 국민 여론도 도 교감 편이고요."

"그렇다고 해도 재판은 재판입니다. 저는 법정에서 팩트 대 결로 승소하기를 원할 뿐입니다."

창규는 그렇게 마무리를 지었다. 기자들은 공감 어린 눈빛을 남기고 돌아갔다. 마지막으로 회의장을 나온 창규가 사무장을 불렀다.

"이제 기자들 문제는 됐죠?"

"네."

"그럼 가져오세요."

"그럴 줄 알고 책상에 준비해 두었습니다만."

사무장이 창규 책상을 가리켰다. 거기 산더미처럼 쌓인 건 혼귀들이 의뢰한 김충광과 채나영에 관한 자료였다.

"저렇게 많아요?"

"물론이죠."

"허얼, 땀 좀 빼게 생겼네."

"다이제스트 드릴까요?"

"있어요?"

창규가 반색을 했다.

"당연하죠."

사무장은 씩 웃으며 20여 장의 핵심 정리 보고서를 내밀었다.

"역시 사무장님!"

"이번 의뢰도 '그분'에게서 내려왔나요?"

"네."

"독특하네요. 인기 절정의 격투기 선수와 전직 유망 발레리나 이혼 건이라… 자료 보니 전혀 이혼할 사람들 같지 않던데……."

"내기할까요?"

"뭘요?"

"이 두 사람은 이혼합니다."

"으음… 좋아요. 그럼 저는 이혼 안 한다에 걸죠."

"지면 상대가 원하는 곳에서 밥 사주는 겁니다."

"물론이죠."

사무장의 대답을 들으며 의자에 앉았다. 핵심 정리 서류의 첫 장을 넘겼다. 사무장은 어깨를 으쓱해 보이고 자기 책상으로 돌아갔다.

'미안하지만 사무장님은 무조건 밥 사야 합니다. 왜냐고요? 아니면 내가 죽거든요.'

창규는 김충광과 채나영 부부의 정리 문서를 검토하기 시작했다.

채나영!

그녀부터였다. 그녀 볼의 글자가 더 진한 까닭이었다.

발레 퀸 직전에서 추락한 백조, 이제는 내조의 퀸.

전체적 평가는 그랬다.

그녀의 전직은 발레리나. 그냥 발레리나가 아니라 역대급이었다. 그녀는 일찌감치 미국 잭슨발레콩쿠르에서 금상을 받으며 천재성을 입증했다. 그 다음 해에는 스위스의 로잔콩쿠르를 재패했다. 이어 불가리아 바르나콩쿠르 금상, 모스크바 발레콩쿠르에서 금상을 휩쓸며 한국 발레리나로서는 전대미문의 세계 4대 발레 대회를 정복했다.

그녀의 출발은 파리 오페라발레단이었다. 이 발레단은 세계 최고(最古)이자 최고(最高)에 속한다. 발레 무용수의 최고 영예로 불리는 '브누아 드 라 당스' 수상자만 20여 명 가까이 배출한 발레단이었다. 외국인이 극소수에 불과한 이 발레단에서 그녀는 당당히 합격을 먹었다.

처음 그녀의 역할은 코르 드 발레였다. 한국말로 군무진에 속하는 카드리유 배역은 발레의 등뼈로 불리는 최하층이었다. 그녀는 군말 없이 이 역할을 해냈다. 그리고 보란 듯이 초고속 도약을 시작했다. 군무의 리더 격인 코리페를 거쳐 솔리스트로 불리는 쉬제, 프르미에 당쇠르에 올랐다.

그러나 신은 그녀의 재능을 시샘했다. 발레단의 별로 불리는 에투알의 자리가 비자 마지막 경쟁에 나선 후였다. 신의 선택은 얄궂게도 병 주고 약 주고였다. 당당히 에투알 합격 소식을 들었지만 비운의 사고를 당한 것이다. 발레리나의 최고봉을 예약하고 밟아보지도 못한 채 하산 길에 접어든 채나영.

불운일까? 아니면 미인박명이라는 말처럼 천재의 시간은 짧았던 걸까? 대한민국 최고 발레리나의 시작과 끝을 보고 나니 자못 경건해지는 창규였다.

날개를 잃은 백조는 그 후 평범한 아내가 되었다. 사회 활동도 없는 편이다. 그녀는 그저 남편 김충광의 경기장에 가끔 나타나거나 격려의 키스를 날리는 게 공식 활동의 전부였다.

날개 잃은 백조. 그 이후로 은둔의 백조가 되어버린 비운의 발레리나……. 자료만 봐서는 그녀의 유책성이나 허물을 찾기 어려웠다. 불륜이나 잡음은 일체 엿보이지 않았다.

다음으로 김충광 자료를 넘겼다.

일대 변신한 링 위의 야수, 그러나 링 밖에서는 순한 양.
야수는 아내를 위해 진격한다.

사무장의 총평이 먼저 눈에 들어왔다.

링 위의 야수.

그걸 알기 위해서는 먼저 김충광의 경기를 봐야 했다. 그건 USB에 들어 있었다. 그 또한 김충광의 경기 스타일을 한눈에 보여주는 하이라이트 모음이었다.

'우!'

세 게임을 보자 공포 섞인 감탄을 토해내는 창규였다. 김충광은 저돌적 파이터였다. 오직 직진의 전사다. 최대 속도로 폭주하는 전차라고나 할까? 격투기 성적은 10승 3패. 그 7승 중 6승이 화끈한 암바나 KO승이었다. 그중 2승은 격투기 사상 최고 명승부로 꼽히는 대역전이었다. 과거 한국 복싱의 전설로 불리는 홍수환의 역전보다 더 처절한 패배 상황에서 역전승을 이끌어낸 것. 동시에 그 6승으로 김충광은 격투기 톱스타의 반열에 오르게 되었다.

그런데 단서가 하나 눈에 띄었다.

'일대 변신?'

사무장은 그 단어에 방점을 찍어두었다. 창규도 거기에 눈길이 쏠렸다. 그러니까 김충광, 채나영과 결혼하기 전에는 유망 선수로 불리는 '그저 그런' 선수였다. 그때까지는 별다른 특징이 없었다. 화끈하지도 않았고 저돌적이지도 않았다. 덕분에 당시 전적도 뜨뜻미지근한 3승 2패. 그러나 이후 스타일에 일대 변신을 꾀하면서 무려 7승 1패의 전적을 올렸다. 상대가 누구든 직진하는 선수.

심지어는 같은 체급의 전승 선수와 붙을 때, 전문가들의 예상 승률이 10%가 되지 않음에도 1회 38초 만에 KO승을 거둔 김충광이었다.

—후퇴를 모르는 국산 탱크.

—겁대가리 상실한 돌격 머신.

—전쟁의 신 스칸다의 현신.

수많은 수식어가 붙는 순간이었다.

결혼!

누가 뭐래도 그게 강력한 영향을 미쳤다는 게 중론이었다.

이제는 부와 명예를 동시에 거머쥔 김충광. 막강한 외국 선수들과의 대결에서 승리함으로써 스타성도 높이고 상상을 초월하는 파이트머니도 챙긴 것. 말하자면 그는 이제 '상품성'이 확실한 선수였다.

'죽이는데?'

자료 탐독을 마친 창규가 주먹을 뻗어보았다.

링에 올라 상대 선수를 제압하는 격투기 선수. 무지막지한 상대 선수들을 때려눕힌 후에 로프에 뛰어올라 포효한다. 그리고는 껑충 뛰어 내려가 발레리나처럼 부드럽게 패자를 위로한다. 강자의 관용과 여유. 그때마다 그의 팬들은 심쿵심쿵 감동의 도가니에서 헤어나지를 못했다.

그런 반면 일상의 자료에서 드러난 면모는 기가 막힐 정도로 반전이었다. 격투기 선수가 직업이면서 크고 작은 사고 한 번 없었다. 중·고등학교도 그랬다. 반대로 세 번이나 폭행을 당했다. 모두 선수 등록 이후의 일이었다.

'으음…….'

창규의 고개가 갸우뚱 돌아갔다. 혈기왕성한 격투기 선수. 일반인을 때리지 않은 거야 선수의 기본자세라지만 일방적으로 얻어맞는 건 이해 불가였다. 선수도 사람인 이상 얻어맞으면 반격하는 게 본능. 그럼에도 불구하고 그의 기록은 일방 폭행 피해자였다.

'수양이 달인 수준에 오른 건가?'

일단 그 정도로 탐색을 끝냈다. 이 또한 책상에 앉아서 해결할 문제는 아니었다.

"출장 좀 다녀올게요."

창규가 겉옷을 챙겨 들고 일어섰다.

"어, 지금요?"

일범이 바삐 고개를 들었다.

"왜? 공판 있었나?"

"위층 누수 소송 말입니다."

"아, 그거……."

창규가 걸음을 멈췄다. 일범과 사무장은 작은 소송 몇 개를 진행하고 있었다. 큰 문제가 되는 게 아니면 창규에게 말하지 않는다. 둘에게 전권을 준 까닭이었다.

"문제가 생겼어?"

"그게… 윗집 배관 수리 청구와 누수로 인해 고장 난 세탁기의 제반 비용 청구는 민법 제214조와 제750조로 걸면 문제가 없을 거 같은데……."

민법 제 214조는 방해배제청구권이고 제750조는 불법행위 손해배상청구권이다. 누수가 되면 아래층 피해자는 윗집 소유주에게 배관의 보수나 교체를 요구할 권리가 있는 것이다.

"다른 게 있군?"

"나중에 보니 누수된 물이 서재 책장까지 적시는 바람에 아버지의 육필 노트가 오물 범벅이 되었다는군요. 정신적 충격이 크다고 위자료 청구를 같이 진행해 달라는데요."

"그런 경우라면 충분히 가능할 거 같은데?"

"그렇죠? 육필 노트라면 대체가 불가능하고 선친의 것이므로 인과관계도 성립되고……."

"내 생각도 그래."

"문제는 이분이 1억을 청구해 달라는 건데 그건 좀 무리잖아요?"

"1억?"

"예."

1억 위자료.

많이 오버된 금액이었다. 법원은 정신적 위자료에 대한 판결이 인색한 편이다. 정신적이라는 게 금전으로 환산도 어렵고 계량화도 어렵다. 그렇기 때문에 금액보다는 인정이냐 불인정이냐에 비중을 두는 쪽이었다.

"권 변이 금액 중재 해본 거지?"

"네, 되든 안 되든 무조건 1억을 청구해 달랍니다."

청구인의 자존심이다. 하지만 재판은 자존심으로 진행할 수 없다. 게다가 너무 무리한 소를 제기하면 오히려 불리할 수 있었다. 하지만 청구인이 이렇게 나오면 별수가 없었다. 1억에 합당한 이유를 찾아내는 수밖에.

"그럼 이렇게 하자고. 육필 노트 읽는 게 가능하다면 그 노트의 상황 상황을 입증하는 쪽으로… 예를 들어 의뢰인의 대입 때 보낸 격려라든지, 결혼 때 쓴 경구라든지… 사안별로 위자료를 산정해 합산해서 제시하는 거야."

"와우!"

일범이 환호를 질렀다. 그의 고민을 한 방에 뚫어주는 뚫어뻥 조언이었던 것이다.

"오케이?"

"옛 썰, 오케이."

일범의 대답을 들으며 사무실을 나왔다.

부릉!

차에 시동을 걸었다. 목적지는 채나영이었다.

하지만 창규는 채나영을 만나지 못했다. 그녀는 아파트에 없었다.

"집에 있는 날이 드물어요."

경비 아저씨가 심드렁하게 고개를 저었다.

"그럼 언제 만날 수 있죠?"

음료수 한 병을 까주며 파고드는 창규.

"글쎄… 워낙 우리하고 말 안 섞는 여자인 데다 요즘 입주민들 허락 없이 그런 거 알려주면 큰일 나요."

"혹시 교회 갔나요?"

홍콩의 호텔에서 기도하던 모습이 떠올랐다. 하지만 오늘은 평일이었다.

"알아도 말 못합니다."

경비가 잡아뗐다. 아무래도 말할 기세가 아니었다. 별수 없이 섭취물 리딩의 칼을 뽑아 들었다.

"그러고 보니 아저씨 관재수가 있군요."

"예?"

"동네에서 주워 쓴 돈 때문에 곤란한 일 생겼죠?"

"그, 그걸 어떻게?"

경비의 눈빛이 변했다.

"윤가 놈이 당신에게 말했소?"

"그건 아니고 제가 변호사거든요. 얼굴에 쓰인 고민이 어째 그쪽 같아서요."

"진짜 변호사시우?"

경비의 표정이 변했다.

"채나영 씨에 대해 아는 대로 말씀해 주시면 해결법에 대해 자세히 말씀해 드리죠."

"그 젊은 아줌마에게 해코지하려는 건 아니죠?"

"당연하죠. 저는 그분 남편이 유명한 선수라서 전속 변호사 계약이나 한번 권해볼까 하고 왔습니다. 요즘 변호사들도 먹고살기 힘들거든요."

"그래요?"

"어때요? 서로 상부상조하실래요?"

"좋수다."

경비가 고백을 해왔다. 식귀를 통해 리딩한 내용이지만 관심을 가지고 들어주었다.

경비는 동네 골목의 작은 가게 앞 의자에서 8만 원이 든 지갑을 주웠다. 공돈이 생기자 친구들을 불러 한턱을 쐈다. 그런데 나중에 그 지갑의 임자가 나타났다. 그 역시 같은 동네의 노인. 그리 친하지는 않지만 연결 연결이 되다 보니 소식을 듣게 된 것이다.

지갑 주인은 8만 원을 돌려달라고 말했다. 아니면 경찰에 고소겠다는 말도 함께 따라왔다. 경비는 함께 술 마신 친구들에게 게워내라고 했지만 통하지 않았다. 그들은 얻어먹은 술값을 왜 내냐고 나온 것이다.

"그런데 내가 그 돈 안 갚으면 진짜 절도죄로 걸리는 거요? 그 싸가지 없는 지갑 주인 박가 놈이 되도 않는 협박을 해대서 버티고 있소만."

"지갑을 가게의 빈 의자에서 주웠다고요?"

"예……."

"그럼 절도죄 맞습니다."

"아, 그게 어떻게 절도죄예요? 내가 훔친 것도 아니고 아무도 없는 의자에 떨어진 걸 가져온 것뿐인데……."

경비가 핏대를 올렸다.

"만약 도로나 공원 같은 곳의 관리자 없는 곳에서 주워왔다면 점유이탈물횡령죄입니다. 하지만 식당이나 당구장, 편의점처럼 관리자가 있는 장소에서 득한 물건을 가져가시면 절도죄입니다. 그 지갑은 아저씨가 가져가지 않았다면 가게 주인이 보관했을 테니까요."

"보관은 무슨 보관? 그놈이 먹었을 테지."

"그건 아저씨가 판단할 일이 아닙니다."

"그럼 내 술 얻어먹은 놈들은? 그놈들도 같이 먹었으니 게

워야지.”

“만약 아저씨가 지갑을 주울 때 그분들이 같이 주웠고 같이 가서 돈을 쓴 거라면 그분들이 공동 책임을 지는 게 맞습니다. 하지만 아저씨가 주워서 인심을 쓴 경우이므로 아저씨 책임입니다.”

“그럼 나 혼자 물어주라는 거유?”

“네. 안 물어주었다가 그 지갑 주인이 경찰에 고소하면 진짜 절도죄로 잡혀가게 되고요, 절도죄이므로 전과도 기록하게 됩니다. 형법 제329조, 타인의 재물을 절취한 자는 6년 이하의 징역 또는 1천만 원 이하의 벌금에 처한다.”

“으헥, 징역 6년에 1000만 원 이하 벌금씩이나?”

“사안에 따라 그럴 수도 있다는 거죠.”

“그건 안 되지. 그럼 이 잘난 직업도 못 해먹을 텐데…….”

“돈 갚으세요. 그게 최선입니다.”

“알았수다, 알았어.”

“이제 아저씨 차례네요. 채나영 씨…….”

창규가 경비를 바라보았다.

“그게… 말하면 안 되는데……. 아무튼 변호사시라니까 내가 말했다는 건 절대 비밀로 해주시오.”

“약속합니다.”

“그게… 내가 보기에 그 여자 바람 들었어.”

"남자가 있다는 말인가요?"

"남자가 아니라 종교 바람."

"종교요?"

"그 여자 광신도야. 한마디로 종교에 미쳤다고."

"……?"

"남편만 불쌍하지. 아, 유명한 싸움 선수라고 하던데 그렇게 얻어터지면서 돈 벌면 뭐하나? 마누라는 종교에 빠져 허우적거리는데……."

"그걸 어떻게 알죠?"

"나이는 헛먹나? 내가 이래 봬도 눈썰미 하나는 끝내준다고. 그 여자, 지 남편 없으면 집에 붙어 있지를 않아. 있을 때도 그런 편이지만."

"독실한 신자로군요?"

"독실? 그건 독실이 아니라 미친 거지."

"……."

"아, 아무튼 그 여자 만날 거면 두세 시간 더 기다리시우. 오늘이 수요일이니까 아마 저녁 7시쯤 돌아올 거외다."

경비는 손사래를 치고 자리로 돌아갔다.

두세 시간.

다른 일을 진행하기 마땅치 않은 시간이었다. 사무실에 상황 체크를 하고 그냥 기다렸다. 그동안에 자료를 한 번 더 보왔다.

채나영.

그녀의 발레는 한 마리의 학처럼 보였다. 학과 파이터. 아무리 생각해도 부조화다. 하지만 이들 부부 역시 몇 장의 알려진 사진만 보면 찰떡궁합처럼 보였다. 세숫대야만 한 김충광과 주먹만 한 얼굴의 채나영 부부는 사진 속에서 더없이 행복해 보였다.

통통!

얼마 후에 경비가 차창을 두드렸다.

"왔수다. 저 차요."

경비가 흰 경차를 가리켰다. 나름 의리가 있는 사람이었다.

'경차?'

얼른 자료를 넘겼다. 차가 바뀌었다. 사무장이 뽑아준 자료에는 아우디 초록 스포츠카, 스파이더였다.

'차를 바꾸었나?'

창규가 차에서 내렸다. 넥타이를 바로 하고 주차 중인 경차로 다가갔다.

"어, 차가 좀 삐딱하게 대졌어요."

"네?"

채나영이 대꾸를 했다.

"이쪽으로 너무 붙었다고요."

여자 운전자 중에는 종종 주차에 약한 사람이 있다. 채나영도 그런 스타일이었다.

"어우, 그래도 좀 삐딱하네?"

한 번 더 핸들을 조작하고 내린 채나영이 볼멘소리를 냈다. 세계적인 수준이었다는 발레리나. 바로 앞에서 보니 그 몸매가 여전히 예술이었다.

"어, 그러고 보니 혹시 얼마 전에 홍콩 그랜드 하얏트 호텔에서……."

"어머, 저 아세요?"

"그럼요. 그때 제 변호사가 남편분이랑 기념사진도 찍었는데……."

"아! 맞다."

"여기 사세요?"

"네, 그런데 굉장하신 분인가 봐요? 변호사 두실 정도면 큰 회사 사장님?"

"아뇨. 저도 그냥 얼치기 변호사입니다. 실은 그때 저도 사진 부탁드리고 싶었는데……."

"우리 충광 씨요? 여기 사시면 다음에 제가 연결해 드릴게요."

"아뇨. 발레리나 채나영 씨 말입니다."

"네?"

뜻밖의 일격을 당한 채나영이 고개를 들었다.

“제가 발레 좋아하거든요.”

“아, 네…….”

채나영의 미소가 밝아졌다. 사람의 본능이다. 남편 유명한 것보다야 자신을 알아보는 사람이 반가운 것이다.

“……!”

하지만 대화하는 사이사이, 창규의 미소는 점점 어둡게 변했다. 리딩 때문이었다.

채나영 이 여자.

날렵한 몸매 안에 엄청난 배짱(?)을 지니고 있었다. 그것도 격투기 선수 남편을 상대로 하는 배짱. 그건 정말이 굉장한 배짱이 아니고는 마음먹을 수 없는 일들이었다.

창규는 보았다. 광신도의 비극. 그녀는 행복한 표정이지만 그녀의 이성과 재산, 몸뚱이는 이미 통제 불능에 들어가 있었다.

“하아!”

충격에 놀란 창규가 한숨과 함께 물러섰다.

“어디 아프세요?”

채나영이 물었다.

“아, 아뇨…….”

“혹시 종교 있으세요?”

“예? 아직…….”

"그럼 저희 기도원 한번 가실래요? 변호사님 같은 분이 가시면 삼부님이 정말 좋아할 텐데……."

"하핫, 제가 무슨… 신앙심도 약하고 헌금 낼 돈도 못 버는 주제입니다."

"그럼 더 가야죠. 우리 삼부님, 어찌나 능력이 좋으신지 신도들 소원을 다 들어주거든요."

"……."

"우리 충광 씨 있죠, 원래는 별로인 선수였어요. 하지만 저 따라서 기도원 다녀온 후에 연전연승이거든요. 기도가 팍팍 먹힌다니까요."

"아, 예……."

"기도원 같이 간다고 약속하면 사인해 드릴게요."

"예, 뭐……."

"변호사님이라고 하셨죠? 정말 복받으신 분이다. 조금 있으면 우리 삼부님이 오실 거거든요. 그때 제가 소개시켜 드릴게요."

"예……."

"그럼 조금만 기다리실래요? 저 뭐 좀 챙겨 나올 게 있거든요."

"예."

창규 대답이 끝나기도 전에 채나영은 나비처럼 아파트로 들어가 버렸다.

허얼!

머리가 아파왔다. 채나영의 머리에 든 건 오직 하나. 삼부님. 삼부는 삼위일체와 삼라만상의 삼(森)이었다. 거기에 부(夫) 자를 붙여 교주 이름을 만든 것. 채나영의 섭취물을 통해 투영해 본 삼부의 나이는 고작 40대 초반이었다.

동시에 채나영이라는 인간의 주인. 이성이 마비된 채나영은 전 재산부터 육체, 심지어는 기도원의 노가다(?) 일도 서슴지 않는 광신도가 되어 있었다. 집에서는 손가락에 물 묻히는 것도 싫은 여자가…….

“사무장님.”

기다리는 동안 기도원과 교주에 대한 조사를 부탁했다. 얼마 후에 답신이 왔다. 교주가 운영하는 기도원은 정식 종교 단체와는 관련이 없었다. 삼부라는 남자 또한 정식 종교인이 아니었다. 그에게서 빛나는 건 성폭행 전과 4범과 사기 전과 8범이라는 12개의 별이었다.

말로만 듣던 사이비 종교. 거기에 빠져 회복 불가 상황까지 치달은 채나영이었다.

재산은 All 헌납.

육체는 삼부의 종.

심지어는 김충광과 자신의 생명보험 수혜자까지도 삼부 앞으로 돌려놓은 채나영.

한때는 지구촌 최고의 발레리나의 한 사람으로 꼽히던 채나영이 어쩌다 이렇게 된 걸까?

어쩌다…….

아파트 앞 편의점에서 생수를 산 창규가 원샷을 했다. 그러고도 모자라 한 병을 더 샀다. 그것 역시 원샷으로 해치우며 차에 올랐다.

김충광은 모르는 채나영의 광신도 입문. 그 시작은 역시 좌절감 때문이었다.

쉬제, 프르미에 당쇠르에 이어 에투알의 자리를 예약한 채나영. 에투알의 임명식을 치르기 위해 가던 길에 교통사고를 당했다.

"다행히 큰 부상은 없습니다."

병원에서 눈을 뜬 채나영은 의사의 불어에 안도했다. 하지만 그녀가 캐치하지 못한 한 단어가 있었다.

―큰 부상.

의사는 환자를 안심시키기 위해 위로를 먼저 던졌던 것. 안도하는 마음 뒤로 다음 진단이 통보되었다.

"엄지발가락이 파열되었지만 뼛조각 제거 수술이 잘 끝났습니다. 일상생활에는 문제가 없을 것 같습니다."

"……?"

그 말을 들은 채나영, 미친 듯이 침대보를 벗겨내고 발가락을 확인했다. 보였다. 붕대… 그리고 느껴졌다. 알큰한 통증……. 그리고 왼발가락보다 약간 짧아진 발가락…….

"아악!"

그날 채나영은 무려 한 시간 가까이 비명을 질렀다. 의사와 간호사는 처음에 이해하지 못했다. 그러다 나중에야 알았다. 그녀가 파리 발레단의 엄청난 발레리나라는 걸. 하지만 발레리나의 발가락이라고 해서 강철인 것은 아니었다.

채나영의 꿈은 교통사고 하나로 날아갔다. 발가락에 거액의 보험까지 들었지만 보상은 위로가 되지 못했다. 그녀는 자포자기한 상태에서 한국으로 돌아왔다. 2년 전에 어머니가 죽으면서 혼자가 된 채나영. 발레에 모든 것을 걸려 했지만 그 또한 죽은 어머니처럼 닿을 수 없는 꿈이 되고 말았다.

이때 만난 게 김충광이었다. 그와는 초등학교 동창생. 그러나 초등학교 때는 그녀의 밥(?)이었던 숙맥. 하릴없이 방송을 보다 격투기 중계를 보고 김충광의 소식을 들었다.

'촌뜨기가 격투기를?'

호기심이 발동했다. 그렇게 둘은 이어졌다. 다른 친구를 통해 카톡이 연결된 것.

원래부터 채나영을 동경했던 김충광은 채나영에게 올인을 했다. 채나영은 사실 별생각이 없었다. 하지만 무시무시한 격투기 선수로 성장한 김충광이 자기 말에 껌뻑 죽는 것이 위로가 되었다. 그래서 결혼해 주었다. 더 이상 무대의 에투알이 될 수 없는 채나영.

"나의 에투알이 되어줘."

김충광이 내민 청혼의 손을 잡은 것이다.

두 사람의 신혼 생활 자체는 별 문제가 없었다. 채나영이 조금 도도파였지만 김충광은 개의치 않았다. 김충광은 원래 그랬다. 그는 링 밖에서는 거의 숙맥이었다. 어쩌면 답답할 정도로 착했다. 그렇기에 결혼 전에는 사기도 많이 당하고 친구나 친지들에게 빌려준 돈도 많이 떼어 먹혔다. 차용증도 받지 않았고, 나중에 문제가 되어도 마음이 약해 모질게 독촉하지 못하는 성격이었다.

헤퍼.

착해.

그래서 이용당하는 게 일이었던 김충광. 덕분에 가정경제는 자연스레 채나영이 틀어쥐게 되었다. 김충광 자신도 원한 일이었다. 결혼 전까지의 전적은 그리 좋지 않았지만 그래도 대전 수입은 짭짤한 편이었다. 채나영 역시 거액의 보험료를 받았던 상황. 통장 잔고가 빵빵하니 기분도 내고 쇼핑도 하며 발레의 비운을 잊어가고 있었다.

하지만 밤은 조금 달랐다.

"……!"

밤의 흔적을 리딩하던 창규는 고개를 갸웃거렸다.

'딱 두 번?'

둘의 부부 관계 횟수였다. 발가락을 다쳤다지만 청춘의 부부. 게다가 김충광은 혈기로 따지자면 국대급 남자. 그런데 꼴랑 두 번?

관음증 따위는 없지만 자세히 들여다보았다. 한 번은 신혼 첫날밤, 또 한 번은 결혼 이후. 그렇게 두 번이었다.

"……!"

거기서 창규는 한숨 하나를 보태놓았다. 믿기지 않게도 부부는 그쪽으로는 숙맥이었다. 남자도 여자도, 진정한 천연기념물이었던 것. 김충광은 첫날밤에 링 위의 파이터였다. 첫경험이다 보니 힘으로 밀어붙인 것이다.

"아파!"

채나영의 작은 비명에 김충광은 서둘러 방출을 했다. 채나영의 질 부위에 작은 상처가 났다. 그로 인해 초보 부부는 한동안 섹스를 하지 않았다.

그러다 채나영이 명철진을 만났다. 바로 만통기도원의 삼부. 창규 눈에는 사이비 교주인 남자였다. 원래 띄엄띄엄 사주와 역학 공부를 했던 명철진. 그런 방면에 관심이 있는 채나영인지라 포교에 성공을 했다. 그런 다음 갖은 잡설과 화술로

녹인 후에 재산 헌납과 육체 헌납을 명했다.

"지상의 일은 부질없는 짓. 너는 원래 천상의 별이 될 재목이라 발레리나로서 꿈을 이루지 못했다. 왜냐면 천상에서 너를 크게 쓰려는 것. 그러나 그 꿈은 나를 통해 네 몸과 마음을 정화하지 못하면 이룰 수 없다. 재물은 마음을 흐리게 하니 내게 위탁할 것이며 시든 영혼은 나를 통해 하늘의 정기를 채워야 할 것이다."

삼부의 말은 뻔한 주술이었다. 하지만 이미 홀려 버린 채나영에게는 진리의 소리처럼 들렸다.

삼부는 채나영의 알몸과 교접했다. 그의 테크닉은 가히 달인급이었다. 채나영은 성체(?)를 받는 과정에서 섹스에 눈을 뜨게 되었다.

남편과의 두 번째 섹스가 그 즈음이었다. 상하이 특설 링에서 기적의 역전승을 거두고 돌아온 김충광. 채나영의 양심이 살짝 발동하면서 옷을 벗어주었다. 낮에 교주와 더블헤더를 뛴 까닭이었다.

하지만 김충광의 테크닉은 여전히 무데뽀식으로 저돌적이었다. 저 혼자 지구라도 뚫을 듯 씩씩거리다 방출을 끝내고 내려갔다. 고작 2분도 걸리지 않았다.

그 주에 교주의 금욕령이 내려졌다.

"네 몸을 신성시해야 할 것이니 부부 관계는 죄악이라. 오직 나를 통한 정화 이외에는 그 어느 남자와도 통정해서는 안 될 것이다. 그리하면 네 남편이 승승장구하며 천금을 벌 것이다. 그러나 그 돈은 하늘이 내린 것이니 헌금으로 바쳐야 네가 천국에서 더욱 영화로우리니."

삼부에게 진리의 소리를 들은 채나영은 김충광을 다그쳤다.

—너 나 사랑해?

—그럼 이제부터 무조건 이겨.

—부부 관계는 잊어. 관계하면 부정 타.

—명심해. 시합에서 지면 내 신랑 아니야. 삼부님 말씀이 하늘의 정기를 주었다고 했거든.

김충광의 연전연승. 처절하게 몰리다가도 한 방의 기적으로 승리를 일군 역전승. 이게 원인이었다. 그러니까 채나영에게는 삼부의 전지전능한 계시였고 김충광에게는 사랑하는 아내와 헤어지지 않기 위해, 그녀를 기쁘게 하기 위해 죽을힘을 다했던 것.

그렇다고 그녀가 김충광과 같이 있는 시간에 애틋한 것도 아니었다. 기도원에서 돌아오면 잠자기 바빴고 집안일은 손도 대지 않았다. 오히려 힘든 훈련을 하고 온 남편을 부려먹었고, 짜증과 히스테리로 닦아세웠다. 일말의 죄책감 같은 건 없었다. 그녀의 머리에는 교주밖에 없었고 김충광은 그저 돈 벌어 오는 격투기 머신에 지나지 않았다.

그 결과…….

김충광에게 남은 건 아무것도 없었다. 채나영은 삼부에게 빠져, 오늘도 두 번이나 성 처리 도구가 되어주었고 파이트머니는 늘 기도원에 헌납되고 있었던 것.

문제는 김충광이 까맣게 모르고 있다는 사실이었다. 채나영의 리딩으로 읽은 결과는 그랬다.

"네 남편은 사탄의 때가 묻어 있으니 때가 올 때까지 진실을 말하지 말라."

몇 번이나 거듭된 삼부의 지시가 증거였다.

하아!

다시 정리해도 소름이 끼치는 광신도 채나영. 예전에 막변일 때 이런 이혼소송을 본 적이 있었다. 40대의 여자였다. 종교에 빠진 그녀는 갓난아기조차 돌보지 않았다. 나중에 아기가 죽을 지경이 되었을 때도 그녀는 당당했다.

"나는 신의 뜻에 따랐다. 종교를 가졌다고 이혼하라는 것은 말이 되지 않는다."

신의 뜻에 따라 그녀는 이혼을 원하지 않았다. 하지만 법원 판단은 달랐다.

"두 사람은 이혼하고……."

땅땅땅!

법봉은 남편의 지친 어깨에 위로를 주었다. 가사는 물론 육

아까지 팽개쳤던 광신도 아줌마. 그래도 그 케이스는 육체까지 바치는 건 아니었다.

하아!

한 번 더 한숨을 쉴 때 차 한 대가 주차장으로 들어섰다. 그 차가 바로 아우디 초록 스포츠카, 스파이더였다. 척 보니 그조차 삼부에게 바친 것. 차에서 남자가 내렸다. 골프복 셔츠 깃을 세우고 명품 선글라스를 낀 사람, 바로 삼부였다. 그는 핸드폰을 걸었다. 채나영을 부르는 모양이었다.

'한번 간 좀 볼까?'

창규는 차분하게 쌍식귀를 동원시켰다. 채나영도 문제지만 이 인간이야말로 손을 봐줘야 할 파렴치한이었다.

약용, 음용, 특용, 이성, 재물, 명예, 특례…….

창규는 사납게 리딩을 재촉했다. 약용 카테고리는 어마어마했다. 몸에 좋다는 약초와 보약 등은 셀 수가 없을 정도였다. 00그라 시리즈도 넘치고 또 넘쳤다. 이성에 연결되는 특용의 애액은 연못을 이룰 지경이었다. 얼핏 보아도 파일 수가 100개도 넘었고, 채나영 역시 그중의 하나였다.

교주는 자신의 마음에 드는 여자들과의 관계는 몰래 동영상을 찍어두었다. 그의 전적은 성폭행 전과자. 그런 수법으로 돈 후리고 몸 후린 경험이 있었다. 일부 여자들의 경우에는 동영상이 보험. 게다가 몸매 좋은 여신도와의 작업은 자기 얼굴에 모자이크를 한 다음에 '일반인 동영상'이라는 타이틀을 붙여 동영상 업자에게 파는 변태 짓까지도 서슴지 않고 있었다.

재물도 호화찬란했다. 신도들에게 거둬들인 금은보화와 차량, 부동산이 셀 수도 없었다. 이 인간의 재산은 줄잡아 천억이 넘을 것 같았다.

명예 카테고리는 비빔밥처럼 혼란스러웠다. 전과자로 살 때는 온갖 욕설과 비난을 먹었지만 지금은 칭송과 찬사를 먹고 있다. 교주의 입장에서 보면 인생 역전을 이룬 셈이었다.

어떻게 할까?

고민이 되었다. 당장 경찰이나 검찰에 알려 수사를 받게 할까? 하지만 이성을 잃은 광신도들이라면 교주 편이 될 가능성이 높았다.

—그런 일 없어요.

—내가 원해서 한 일이에요.

그 한마디면 교주는 면죄부를 받는다. 그렇게 되면 자신의 왕국으로 돌아가 더욱더 구라를 칠 게 분명했다.

그사이에 채나영이 나왔다. 그녀는 끔찍하게도 교주에게 충성스러웠다. 마치 황제와 시녀를 방불케 하는 것이다. 스포츠차로 가던 채나영이 주변을 돌아보았다. 창규를 찾는 모양이었다. 창규가 보이지 않자 운전석에 앉는다. 그녀는 보약 같은 것을 꺼내 교주에게 바쳤다. 조수석의 교주는 너그럽게 약봉지를 받아 빨았다.

쪽쪽!

소리가 창규 차 안까지 들리는 것 같았다.

"맛 어떠세요?"

"이번 것은 좀 낫군."

"감사합니다."

"호텔 예약은?"

보약을 따라 교주 목소리가 들렸다.

"다 준비되었습니다."

공손히 대답한 채나영이 안전벨트까지 채워주었다. 남편을 대하는 태도와는 하늘과 땅이었다.

"불손한 손님은?"

"어제로 완전히 끝났어요."

"남편에게는?"

"기도회 간다고 말해두었어요."

"대전료는 언제 입금되지?"

"3일쯤 걸린다네요. 입금 문자 오면 전부 찾아드릴게요."

"오케이, 그럼 신과 소통하러 가볼까?"

사인이 떨어지자 교주의 차가 출발을 했다. 어디로 가는지는 창규도 알고 있다. 둘은 2박 3일짜리 여행을 가는 것이다. 호텔은 서울 한강변의 최고급 호텔. 비용은 채나영이 전적으로 부담. 채나영에게는 신의 대리인을 모시는 신성한 과업이었고 교주에게는 황제 대접을 받으며 욕망을 해소하는 날이었다. 그 의식을 위해 채나영은 핸드폰도 두고 나왔다. 그 또한 교주의 명령이었다. 그 어떤 방해도 받지 않겠다는 꼼수의 결정판이었다.

그러나 내일은 김충광이 귀국하는 날. 이틀 전 미국 특설링에서 브라질 선수와 맞붙은 김충광은 굉장한 혈투를 벌였다. 그런 남편을 두고… 그 남편의 대전료는 알뜰히 챙겨서…….

푸헐!

'발레리나…….'

창규는 그 아름다운 선율을 머리에서 내려놓았다. 그 옛날, 채나영은 굉장한 발레리나였을 수 있었다. 하지만 지금은 아니었다. 사이비 교주에게 빠져 맛이 제대로 간 여자일 뿐.

부릉!

시동을 걸었다. 채나영에 대한 체크는 끝난 일. 남은 건 김충광이었다. 그에게는 설마, 이런 반전이 없기를 바라는 창규였다.

"마시고 나가요."

아침, 거실에서 순비가 과일주스를 내밀었다.

"땡큐."

"식사 거르지 말고요."

"걱정 마. 먹는 게 남는 거라는 거 나도 알고 있으니까."

"저 오늘 병원 가요."

"오늘? 벌써 정기 검사일인가?"

"그건 아닌데 원장님이 나오라고 하네요."

"신약이라도 들어왔나? 아무튼 잘 다녀와."

이마에 키스를 해주고 나왔다. 공주 승하는 아직 꿈나라였다. 시동을 걸며 서류를 체크했다. 어젯밤에 만든 예비용이었다. 창규가 리딩한 몇 부분을 서류화한 것이다. 가끔은 말보다 글이 더 효과적일 수 있으므로.

천천히 인천공항으로 향했다. 길은 그리 막히지 않았다. 공항에 도착하니 미얀마 생각이 났다. 아이들은 무사히 양곤의 달라로 돌아갔다. 아이들이 공항으로 가던 날 선물이라도 주고 싶었지만 원장이 말렸다.

"왜요?"

창규가 물었다.

"한국은 한국이고 미얀마는 미얀마예요. 한국 사람들은 안된 마음에 자꾸 뭔가 좋은 걸 주고 싶어 하는데 그렇게 되면 아이들이 미얀마 생활에 만족도가 떨어진대요."

좋은 것, 맛난 것만 먹다가 달라의 찢어지는 가난 속으로 돌아가면… 그들 눈에는 한국의 물건들이 아른거린다. 원장

말대로 현실이 싫어질 수 있었다.

'인간은 환경의 동물.'

그 말은 진리였다. 그 진리는 채나영에게도 고스란히 적용이 된다. 최고 유망주 발레리나였을 때 그녀에게 삼부 같은 교주가 무슨 의미였을까? 그러나 그녀를 지탱하던 발레의 세계가 무너진 후에는 대들보가 바뀌어갔다. 처음에는 김충광, 지금은 명철진…….

김충광의 팬은 많았다. 화끈한 경기 스타일 때문이었다. 닥치고 직진. 맞아 쓰러져도 또 직진. 팬들은 불굴의 파이터 기질에 반하고 있는 것이다.

하지만 여기서도 김충광의 숙맥 모드는 그대로 드러나고 있었다. 시골 소년처럼 쑥스럽고 부끄러움까지 타고 있다. 여자 팬들이 바짝 붙어 인증샷이라도 찍을 때면 영락없이 얼굴을 붉히는 그였다. 맹포한 사자에서 순수한 소년으로 돌아가는 격투기 선수. 매력 만점일 수밖에 없었다.

와글거리는 틈에서 창규는 비즈니스에 충실했다. 소란의 틈바구니로 쌍식귀의 리딩을 밀어넣은 것이다.

[이성]

일단 그 카테고리부터 체크했다.

"……!"

창규 머리에 전기가 짜릿하게 스쳐 갔다. 기가 막혔다. 김충광의 기억에 다른 여자는 없었다. 오직 채나영인 것이다. 호기심에 디테일하게 들어가 보았다. 운동하는 남자. 그 불뚝거리는 남성 에너지를 어떻게 해결했을까? 혹시라도 술김에 사창가나, 주변 여자들 꼬드겨 호텔에 가지는 않았을까?

리딩은 헛발이었다. 김충광은 다른 이성과 손은 잡았을지언정 키스 한 번 한 적이 없었다. 그야말로 채나영이 첫사랑이었고 첫 여자였다.

그러니까 인간 김충광의 뇌에는 오직 두 가지가 들어 있는 셈이었다.

—채나영.

—격투기.

채나영에 뇌에 들어 있는 두 가지와는 아주 달랐다.

—만통기도원.

—명철진 삼부님.

그렇다면 김충광은 아내의 종교에 대해 어떤 생각을 하고 있을까? 교주에 대해서는? 리딩을 그쪽으로 옮겼다. 그의 기억 속에 광신도가 된 아내와 의견이 충돌한 날이 있었다.

"그럼 이혼해."

채나영은 단호했다.

"난 종교 없이 못 살아. 이건 내 인생 2막 발레라고."

단 두 마디에 김충광은 두 손을 들었다. 교주에 대해서는 물론 탐탁하지 않았다.

"내 앞에서 삼부님 나쁘게 말하면 용서 못 해."

"그분은 내 신앙이던 발레보다 고결하신 분이셔."

그 또한 두 마디였다. 김충광은 카운터를 얻어맞고 비실거렸다.

하아!

심난한 마음 달래며 부부 관계를 좀 더 체크했다. 김충광은 이따금 시도했다. 채나영은 번번이 거부했다. 거절이 아니라 거부였다. 별다른 이유 없이 부부 관계를 거부하면 그 또한 이혼 사유가 된다.

조금 슬펐다.

두 사람이 결혼할 때까지는 큰 문제가 없었다. 하지만 결혼 이후 등장한 사이비 교주 명철진. 그로 인해 김충광은 허울뿐인 남편이 되었고 그의 피와 땀은 교주의 입으로 들어가고 있었다.

'당연히 이혼해야 할 케이스.'

거기서 리딩을 접었다.

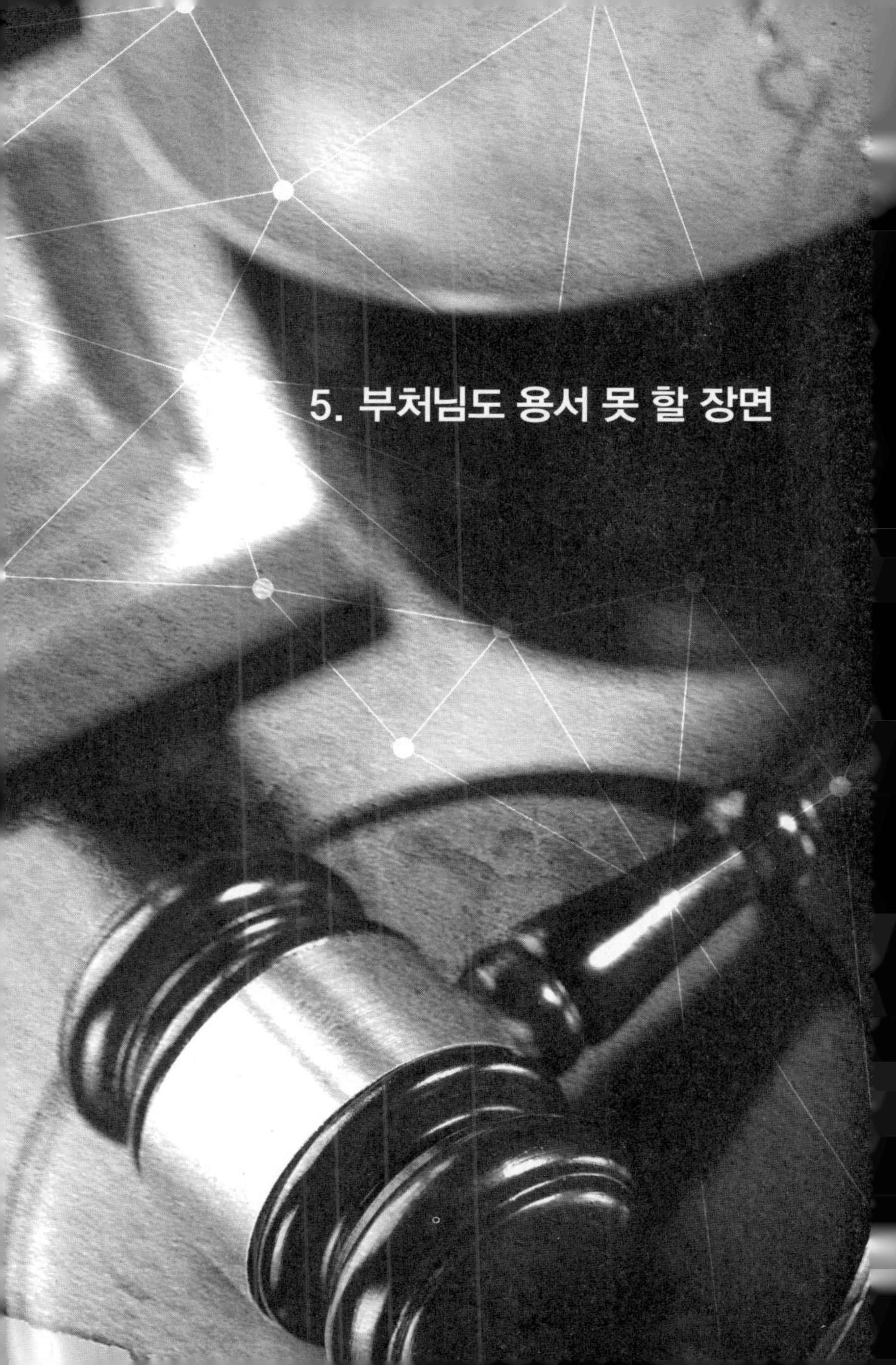

5. 부처님도 용서 못 할 장면

팬 미팅과 간단한 기자회견이 끝났다. 창규는 김충광 일행의 차량을 따라갔다. 창규는 김충광 편에 섰다. 그 담판을 지을 기회를 만들 생각이었다.

김충광은 체육관에 들렀다. 거기서 또 한 번의 환영회를 하고 식당으로 자리를 옮겼다. 두 시간쯤 지나서야 환영회 자리가 끝났다.

“3일간 푹 쉬고 나오라고. 제수씨도 좀 챙기고.”

트레이너가 김충광 등을 두드려 주고 차에 올랐다. 주차장에는 이제 김충광 혼자 남았다. 창규의 타이밍이었다.

"김충광 선수죠?"

"그런데요?"

"반갑습니다. 우리 왜 홍콩의 호텔에서 만나지 않았습니까?"

"홍콩요?"

"그때 왜 레스토랑에서 제 후배가 기념사진을 찍었는데……."

"아, 예……."

"실은 제가 변호사인데 잠깐 시간 좀 낼 수 있을까요?"

"변호사라고요?"

"혹시 만통기도원이라고 아십니까?"

긴말할 거 없이 본론을 찌르고 들어갔다.

"만통? 네, 아는데요."

"저희 사무실에 거기 교주를 상대로 소송을 걸려는 사람들이 왔었습니다. 그분들 통해서 알았는데 사모님도 거기 신도시라고……."

"예… 그런데 우리 자기가 무슨 문제가 되나요?"

"그건 아니고요 몇 마디만 도와주시면 되는데… 부탁합니다."

"그러죠."

김충광이 고개를 끄덕였다.

"이번 시합 굉장했다면서요?"

찻집으로 자리를 옮긴 후에 창규가 입을 열었다.

"아, 예……."

"그게 다 사모님 기도 덕분인가요?"

"아마 그런 거 같습니다."

김충광이 머리를 긁적거렸다.

"그런데 왜 사모님이 공항에 안 오셨는지……."

넌지시 딴죽을 걸고 들어가는 창규.

"아, 우리 자기는 며칠 동안 기도회에 갔습니다. 아주 중요한 기도거든요."

"기도회라면 사람들이 많이 오겠군요."

"예, 전국에서 신망 있는 목사님들과 신부님들은 다 오신다고 하더군요."

김충광이 사람 좋게 웃었다. 아내의 말을 철석같이 믿고 있는 이 순진한 남자.

"그런데 무슨 소송인가요?"

차를 마신 김충광이 물었다. 창규에게는 아주 적절한 질문이었다.

"이혼소송입니다. 거기 신도들 대다수가 광신도가 되어 가정을 등한시한다고……."

"……."

"그러다 보니 객관적인 자료가 더 필요해서요. 죄송하지만 사모님은 어떤 편인지요?"

"우리 자기는… 뭐… 그냥… 기도하고……."

"가정을 등한시하지 않는다는 말인가요?"

"아, 예. 저는 별로 불편한 거 없습니다."

"거기 여신도들은 남편과 부부 관계도 거부한다고 하더군요. 그것 외에도 재산까지 다 헌금하는 통에 이혼을 해야겠다고 하던데… 김충광 선수 사모님은?"

"그런 거까지 말해야 합니까?"

"말해주시면 제게 큰 도움이 됩니다."

"뭐 우리는 별문제 없습니다."

"그럼 제가 한 가지만 더 묻겠는데… 만약 사모님이 그러시면 어떻게 하시겠습니까? 제게 의뢰하신 분 말로는 자기 와이프는 거기 교주랑 몸도 섞고 있는 것 같고 심지어는 타던 차를 바치고 사는 아파트까지 담보대출해서 다 헌금했다고 하던데."

"우리 자기는 그런 일 없습니다."

"부부 관계에 문제가 없다는 겁니까? 저희 사무실 찾아오신 분들은 한결같이 와이프들이 잠자리를 거부한다고……."

"우리 자기는 그런 여자가 아니거든요. 다 자기 탓 아닐까요? 그만 가보겠습니다."

김충광이 일어섰다. 기분이 상한 모양이었다.

"그런데 두 분은 왜 아기가 없죠?"

거기서 창규의 직구가 날아갔다. 한 발을 떼던 김충광이 돌아보았다.

"실은 그분들이 가져온 자료에 사모님에 대한 증언도 많았습니다."

창규가 미리 만들어두었던 서류 몇 장을 들어 보였다. 김충광의 미간이 일그러졌다. 관심이 있다는 의미였다.

"보시겠습니까?"

창규 손의 미끼가 살랑살랑 흔들렸다. 김충광은 다시 자리로 돌아와 앉았다. 그는 창규가 건네준 서류를 하나하나 읽어 나갔다.

"……!"

마침내 그의 안면 근육이 실룩거렸다. 그가 생애 두 번째 섹스를 한 그날이었다. 기도원에서 원장과 더블헤더를 뛰고 온 채나영. 미안한 마음에 김충광을 받아준 그날. 생중계를 하는 듯한 증언(?)에 동요하는 것이다. 다른 팩트도 예사롭지는 않았다. 교주와 관계를 가지고 온 날이거나 채나영과 김충광 사이에 일어난 일들만 고른 까닭이었다.

김충광의 손은 서류 위에서 파르르 떨었다. 창규가 그 틈을 파고들어 갔다.

"솔직히 말씀드리면 저를 찾아온 분들의 증언이 일치하고 신빙성이 있습니다. 이것도 인연이니 혹시 이혼하실 의사가 있으시다면 제가 실비로 대행해 드릴 수 있습니다만."

"……."

"거기 적힌 게 사실이라면 사모님께서는 이미 돌이킬 수 없……."

"닥쳐요!"

텅!

김충광이 돌연 테이블을 내리쳤다.

"김충광 선수!"

"당신, 수임료가 필요한 모양인데 나는 우리 자기랑 절대 이혼 안 해. 설명 우리 자기가 그 교주랑 놀아난다고 해도."

"이봐요."

"한국 오면서 신문을 봤는데 일본 AI 로봇 기사가 있더군요. 일본 주부들이 재미 삼아 '남편을 어떻게 버리냐'고 쓰레기 처리 AI 로봇에게 물었습니다. 로봇이 대답했답니다. 인간은 인내력이 없어서 이혼하고 기억력이 약해서 또 결혼을 한다고. 그러니 그냥 참고 더 살아보라고."

"……."

설명하는 김충광의 눈에서 불이 번득거렸다. 똥고집에 신념, 나아가 딴에는 일편단심 종류의 비장함까지 섞인 눈빛이었다. 그렇기에 이 순간만은 그도 채나영교의 광신도로 보였다.

허얼!

이혼을 안 해?

여자가 네 재산 다 말아먹고 사이비 교주랑 붙어먹고 있어도?

창규의 시선에도 불이 번쩍 들어왔다. 둘의 부부 관계가 원앙이 아닌 것은 기정사실. 그렇다면 혼귀들의 명제는 변할 리 없었다.

—닥치고 이혼.

바로 그것이다. 실패하면 어떤 결과가 돌아올지도 명명백백하게 아는 창규였다.

애애앵!

창규 머리에 비상 사이렌이 요란하게 켜졌다.

사랑.

때로는 마약이 된다. 그 이름에 취하면 무엇도 보이지 않는다. 맹목적이 되는 것이다. 어찌 보면 부창부수로도 보였다. 채나영은 사이비 종교에 빠졌고 김충광은 채나영에게 빠졌다.

지나가는 남이라면 네 멋대로 살라고 버려두면 될 일. 하지만 창규는 달랐다. 실패하면 온몸에 뿌려진 암 인자들이 발아하는 것이다.

'그건 안 돼.'

재판장이 '이혼 불가'를 선고하려고 하고 있다. 보고만 있을 수는 없었다. 창규는 아직 더 살아야 했다. 이제 막 재미를 붙인 변호사 일과 여전히 돌봐줘야 할 아내와 어린 딸. 많은 걸 생각하며 김충광을 잡았다.

짝짝!

창규의 선택은 박수였다.

"……!"

느닷없는 박수에 김충광이 돌아보았다.

"감동입니다. 제가 너무 일방적으로 생각했군요."

"알면 됐습니다."

착한 남자. 그래서인지 화를 잘도 삭혀냈다.

"그래서 깨달은 건데 좀 도와주시지 않겠습니까?"

"뭘 말입니까?"

"사실 이혼이라는 게 쉬운 일은 아니죠. 저도 소송을 대리하면서 마음 아플 때가 한두 번이 아닙니다. 일부 사람들은 이혼을 밥 먹듯이 하기도 하니까요."

"……"

"지금 그 기도원 신도 가족들이 멀지 않은 호텔에 묵으면서 대책을 상의하고 있습니다. 그들 중 일부는 군중심리와 기도원 생활이 마땅치 않아 편승한 사람이 많습니다. 그러니 김 선수가 가셔서 방금 그 말씀을 해주면 상당수는 이혼을 포기

하고 돌아갈 것 같습니다만……."

"변호사님이 직접 하시면 될 거 아닙니까? 저는 사람들 앞에 나서는 취미가 아니라서……."

"삶은 어쩌면 격투기의 링보다 더 험난하고 어려운 전쟁터인지 모릅니다. 제가 말할 수도 있지만 당사자가 아니니 진정성이 없지요. 하지만 김 선수는 아내분이 관련된 일이니……."

"……."

"부탁합니다. 좀 도와주세요."

창규가 허리를 절반 이상 숙였다. 김충광은 모질지 못한 사람. 그 약한 마음을 공략한 것이다.

"……."

"그들 중에는 남편이 신도라서 갓난아기와 유치원 딸까지 팽개치고 온 사람들이 있습니다. 조금만 도와주시면 바로 가정으로 돌아가게 될 겁니다."

"그 로봇 이야기만 하면 됩니까?"

"그걸로 충분합니다."

"그렇다면 뭐……."

김충광의 수락이 떨어졌다. 창규는 그길로 시동을 걸었다. 창규에게는 다시 오기 어려운 기회. 지금 창규가 노리는 노림수는 '질투'였다.

질투.

그건 사랑에 못지않은 위력을 가진다. 사랑에도 눈 멀 수 있지만 질투가 생겨도 눈 멀 수 있는 게 사람이다. 이제는 타이밍이 중요했다. 링에서 내려오면 부처님을 닮아가는 김충광의 성격. 그 잔잔함을 폭발시킬 수 있는 최적의 타이밍.

"여깁니까?"

고급 호텔 앞에서 김충광이 물었다.

"예."

"신도들 중에 갑부가 있는 모양이군요?"

특급 호텔이다 보니 약간의 의구심이 드는 모양이었다.

"맞습니다. 한 분이 이 호텔 객실 부장이더군요. 마침 비수기라 방이 몇 개 남는다고 제공을……."

일단 그럴듯하게 둘러댔다.

"몇 층이죠?"

그가 엘리베이터 앞에서 물었다. 원래는 창규가 먼저 타이밍을 살펴야 하는 상황이다. 하지만 더 미적거리다가는 괜한 의심을 살 것 같아 엘리베이터에 올랐다.

땡!

소리와 함께 문이 열렸다. 채나영과 교주가 예약한 9층이었다.

"잠깐만요. 호실 수가 헷갈려서……."

창규가 임기응변은 발휘해 핸드폰을 꺼냈다.

"여보세요."

사무실에 전화하며 복도를 따라 걸었다.

"변호사님."

전화는 미혜가 받았다.

"쉿, 분위기 때문에 걸었으니까 그냥 듣고만 있어."

나지막이 당부를 던졌다. 그사이에 발은 909호 앞에 다다랐다. 숨을 죽여보지만 안이 보일 리 없다. 도어락이 보였다. 번호로 여는 방이었다. 비밀번호부터 장벽이 되었다. 힐금 돌아보는 창규. 김충광이 어깨를 으쓱거렸다.

객실 안에 있을까?

2박 3일 여정으로 왔으니 장담할 수 없었다. 할 수 없이 쌍식귀를 불러냈다.

'부탁해.'

다른 때보다 더욱 간절하게 기세를 뿜었다. 객실 문의 틈들. 거리가 가까우니 리딩이 가능할 것도 같았다.

'제발…….'

혼자 애가 탈 때 리딩 신호가 오기 시작했다. 와인이었다. 고급 와인에 속하는 라피트 로쉴드. 병당 150에서 300만 원을 호가하는 술이다. 하지만 아직 취기가 오르지 않았다. 일단 비밀번호부터 읽었다. 번호는 채나영의 머리에 있었다. 원래 세팅된 번호는 방 번호 그대로 909. 채나영은 그 앞에 0을 하나 더 붙여 0909로 사용하고 있었다.

'오케이.'

일단 한 가지를 해결한 창규가 김충광을 돌아보았다. 그는 호텔 청소부를 붙잡고 얘기를 하고 있었다. 그러더니 성큼성큼 창규 쪽으로 걸어왔다.

"이봐요, 변호사님."

"쉬잇!"

창규가 손가락으로 입술을 가리켰다.

"내가 물어봤는데 이 층에는 그런 사람들 든 객실이 없다잖아요."

"그게……."

"당신 지금 나한테 사기 치려는 거야?"

뭔가 이상하다고 생각한 김충광이 창규 앞을 가로막았다.

"잠깐이면 됩니다. 조금만……."

창규는 그 순간에도 객실 안에 집중하고 있었다.

"당신 뭐 하자는 거야? 피곤한 사람 붙들고."

기분이 상한 김충광이 창규 가슴팍을 벽으로 밀었다.

"제발… 잠깐만……."

"아, 진짜……."

눈을 째린 김충광이 옷깃을 털고 돌아섰다. 창규는 그를 잡지 못했다. 잡을 때 소리라도 치면 객실 안의 분위기가 달라질 수도 있는 일.

그래도 죽으란 법은 없었다. 와인 세 잔을 마신 교주가 마침내 채나영에게 신성한 하명(?)을 내린 것이다.

"벗어!"

동시에 창규도 김충광의 팔을 잡아챘다.

"지금입니다."

"이봐요."

"쉬잇!"

신호를 남긴 창규가 비밀번호를 눌렀다. 그런 다음 최대한 조용하게 문을 열었다. 창규는 김충광의 등을 밀었다. 얼떨결에 들어간 김충광. 눈앞에서 벌어지는 광경에 휘청 흔들리고 말았다.

소파였다. 거기 아내가 있었다. 그러나 기괴한 자세였다. 아내는 소파에 거꾸로 누워 있고 그 위에서 교주가 말을 달리고 있었던 것. 물론 두 사람은 실오라기 하나 걸치지 않은 초자연적인 모습이었다.

"으억!"

김충광의 입에서 야수의 비명 같은 게 새어나왔다.

"여보."

거꾸로 헉헉거리던 채나영이 그를 발견했다. 그 소리에 교주도 고개를 돌렸다. 순간 김충광의 눈동자에 지진이 나기 시작했다. 동시에 혈압 게이지도 단숨에 만땅까지 치솟았다.

"뭐야?"

엉겁결에 소리치는 교주. 그 위로 대리석 기둥 같은 김충광의 하이킥이 쏟아져 내렸다.

퍼억!

단 한 방에 교주는 개구리처럼 날아가 벽에 부딪쳤다. 김충광이 그 팔을 잡았다. 반동을 이용해 일으켜 세운 후에 니킥을 먹이는 김충광. 휘청거리는 교주는 해머 같은 주먹까지 풀세트로 얻어맞으며 짚단처럼 나뒹굴었다.

와당탕.

김충광.

사실 그는 채나영의 일탈을 알고 있었다. 그러나 그가 아는 일탈은 알몸으로 교주의 알몸을 씻겨준다던가 젊은 여신도들이 자연과의 합치를 위해 알몸 예배를 본다던가 하는 정도였다. 설마하니 교주와 육체관계까지는 아니라고 믿었던 것이다. 그런데… 육체관계도 보통 육체관계가 아니었다. 그 자신도 한 번도 해보지 못한 체위. 그걸 보는 순간 김충광의 부처님도 꼭지가 돌아버리고 만 것이다.

김충광은 거인처럼 걸어가 꿈틀거리는 교주 멱살을 잡았다. 마치 링의 한 장면 같았다. 상대가 떡실신이 될 때까지 돌진하는 진격의 파이터.

"제, 제발… 오해입니다. 말로 합시다."

교주는 피투성이가 된 채 두 손을 모아 빌었다.

"뭐가 오해인데?"

김충광이 처음으로 입을 열었다. 평소의 목소리와 달랐다.

"이게… 겉보기에는 섹스 같지만 실은 우리 교의 신앙심 교환 방식으로……."

우적!

괘변을 늘어놓던 교주의 입이 돌아갔다. 무자비한 한 방이었다. 그리고, 한 방 더 추가되던 주먹이 허공에서 멈췄다. 채나영이 잡아 세운 것이다. 하지만 그녀는 여전히 김충광의 편이 아니었다.

"야, 니가 뭔데 교주님을 때려? 당장 그 손 못 놔?"

채나영은 독기를 뿜으며 달려들었다.

"여보……."

김충광이 주춤거렸다.

"손 놓으라고. 이분은 하늘이셔. 너 같은 놈이 감히 손댈… 악!"

발악하던 채나영이 비명을 뿜으며 쓰러졌다. 김충광의 따귀가 작렬한 것이다. 어찌나 강력한지 채나영은 한 방에 맛이 가고 말았다.

"그 정도 하시는 게 좋을 거 같습니다."

창규가 끼어들었다.

"당신은 빠져요."

김충광의 분노 게이지는 여전히 하이를 찍고 있었다.

"내가 김 선수를 속였어요. 사실 소송 의뢰인들은 다른 곳에 있습니다. 하지만 김 선수 일이 가장 심각한 거 같길래……."

"……."

"게다가 말로는 알아듣지도 않을 것 같고……."

"……."

"잠깐만요."

창규가 교주 핸드폰을 집어 들었다. 그의 눈꺼풀을 깐 후에 동공에 화면을 들이대자 보안이 해제되었다.

"이거 보시죠."

창규가 버튼 몇 번을 누른 후에 핸드폰을 던져주었다. 동영상 파일들이 꽉 찬 폴더였다. 전부 교주가 성령을 나누어준 젊은 여신도들. 그 안에는 물론 채나영의 것도 들어 있었다.

"더 때리시면 곤란해져요. 당신은 격투기 선수잖습니까?"

일단 그의 이성에 찬물 한 바가지를 부어주었다. 일반인이 사람을 때리는 것과 격투기 선수의 폭행은 다른 차원에서 다뤄질 수 있었다.

"김충광 선수… 당신 인생에는 두 개의 보석이 있지요. 하나는 격투기고 또 하나는 채나영……."

"……."

"하지만 채나영은 보다시피 짝퉁이었어요. 그 짝퉁에 말려서 진짜 보석인 격투기까지 그만두고 싶지는 않겠죠?"

"……."

"경찰 부르세요. 정리는 내가 도와드리죠."

"경찰?"

김충광이 고개를 들었다. 그제야 정신 줄이 바짝 당겨지는 모양이었다.

"이혼할 거죠?"

끄덕!

김충광은 고개를 끄덕이는 것으로 대답을 대신했다. 채나영교 광신도처럼 보이던 아까와는 다른 눈빛이었다.

"그럼 이거 찍으세요. 이혼소송 위임장입니다."

"……."

"수임료는 천만 원. 앞으로 두고두고 피 빨리고 속았을 거 생각하면 그렇게 많은 돈은 아니죠?"

"……."

"아, 현장 정리 비용까지 포함입니다."

"정리라면?"

"이런 인간은 뒤끝이 안 좋지요. 후린 돈이 많으니 폭행 운

운하며 소송을 걸지도 모릅니다. 그러니 내가 증인을 서드리겠어요. 김 선수는 아무 짓도 하지 않았다. 취한 불륜 교주와 채나영이 현장을 들키자 면피할 목적으로 자해를 한 것이다."

"자해?"

"아직 감이 안 오신다면……."

창규는 와인병 옆에 있던 꼬냑을 집어들었다. 아직 뚜껑도 따지 않은 꼬냑. 그러나 값을 치뤘을 테니 주인들은 마실 권리가 있었다.

꼴꼴!

쓰러진 교주의 입으로 꼬냑을 쑤셔 넣었다. 일부는 채나영의 몫이었다. 나머지는 교주의 상의에다 부었다. 만취한 연출로는 완벽한 상황이었다.

"찍으시죠."

다시 합의이혼 위임장을 내미는 창규. 김충광은 긴 날숨을 쉰 후에 시원하게 사인을 남겨주었다.

"이제 채나영 씨가 일어나면 사인받으면 됩니다. 거부하면 정식 소송으로 가면 되고요."

증거 하나는 창규도 가지고 있었다. 교주와의 동영상을 재빨리 전송해 두었던 것.

사이비 교주 명철진은 경찰에 실려 갔다. 핸드폰도 증거로 넘겨주었다. 그 안에는 미성년자와의 동영상도 있었다. 온갖 핑계를 대겠지만 빼도 박도 못할 범죄의 증거. 명철진의 천국은 그렇게 무너지고 있었다.

긴 소동 후에 채나영의 정신이 돌아왔다. 김충광이 이혼장을 내밀었다.

"찍어."

이혼장을 바라보던 채나영이 거칠게 쳐냈다.

"채나영."

"됐고, 우리 삼부님 어디 가셨어?"

"……!"

"어디 가셨냐고!"

채나영은 신이라도 들린 듯 악을 썼다.

"오냐. 니가 아주 맛탱이가 갔구나. 그 자식, 경찰에 잡혀갔다. 기도회 같은 소리하고 자빠졌네. 니가 다니는 데가 기도회냐 성교회(性交會)지."

"잔소리 말고 말해. 삼부님, 우리 삼부님!"

"이거부터 찍어. 그럼 말해줄 테니까."

김충광도 이제는 호락호락하지 않았다. 독기를 뿜던 채나영은 사인을 한 합의서를 집어던졌다.

"됐어? 어디 계셔? 빨리 말 안 해?"

"행복경찰서."

"행복경찰서? 삼부님, 삼부니임!"

채나영은 맨발로 달려 나갔다. 김충광은 어이가 없었다. 광신도라는 거. 마약보다 무섭다는 걸 뼈저리게 절감하는 김충광이었다.

"변호사님, 부탁합니다."

김충광이 합의서를 건네주었다. 그런 다음 지갑을 열었다. 그가 꺼내 든 건 채나영의 토슈즈였다.

"이거 저 여자가 마지막 공연 때 신었던 겁니다. 내 목숨 다할 때까지 행운의 신표로 삼고 싶었는데……."

김충광은 토슈즈를 소파에 던져 버렸다. 채나영과 교주가 역결합 자세로 씩씩거리던 그 위치였다.

"퉤!"

침을 뱉은 김충광은 무거운 어깨를 끌고 멀어졌다.

수임 완료.

창규가 속으로 되뇌었다.

사랑의 천 가지 얼굴.

그중 또 하나의 케이스를 확인하는 창규였다.

이날 일범도 작은 소송에서 승소를 거두었다. 선고와 동시에 일범은 짜릿한 쾌감을 느꼈다고 했다.

—스타노모의 한 사람으로서.

자부심 깃든 소감은 창규에게도 보람이 되었다.

챵!

다시 멤버들이 뒤풀이로 뭉쳤다. 그들의 아지트 만맥치맥집이었다.

"오늘은 내가 쏴요. 변호사님과 내기해서 졌거든요."

사무장이 선언했다. 다행히 술이 공짜로 나왔다. 여주인은 슬슬 창규네 신도(?)가 되어가고 있었다.

"세상에나, 채나영이 사이비교에 빠져서 교주랑 놀아났다고요?"

오가며 주워들은 여주인이 참견을 하며 나섰다.

"채나영을 아세요?"

사무장이 물었다.

"그럼요, 내가 이래 봬도 소싯적에 발레리나가 꿈이었잖아요."

여주인이 발레 자세를 취했다. 하지만 몸이 따르지 않아 버둥거리는 꼴이 되고 말았다.

"풉!"

지켜보던 일범과 상길이 웃음보를 터뜨렸다.

"왜 웃어요? 나이 먹으면 다 이런 거지."

"죄송합니다."

일범이 대표로 사과를 했다.

"어유, 세상 무서워. 사이비 종교, 다단계, 도박, 마약, 에이

즈……"

여주인은 몸서리를 치며 주방으로 들어갔다.

"이 친구, 상심이 크겠는데요?"

일범이 함께 찍은 사진을 핸드폰에 띄우자 상길이 혀를 찼다.

"당장에야 상심이지만 잘된 거지. 부상당하거나 은퇴한 후에 알았어 봐. 완전 거지꼴이 따로 없지."

"어으, 나도 여친 체크 해야겠어요. 어디 이상한 종교 믿고 있지는 않은지."

상길은 끔찍한 듯 고개를 저었다.

"저도 권 변호사님 의견에 공감이에요. 자료를 보다가 알았는데 김충광 선수 진퉁 천사표더라고요. 그런 선수가 오죽 화가 났으면 폭력을 썼겠어요?"

사무장이 말했다.

"어, 그럼 김충광도 구속되는 건가요?"

상길이 물었다.

"아까 변호사님 말할 때는 뭐했어? 꼬냑에 취하셔서 자해한 거라잖아?"

사무장은 센스 어린 윙크를 곁들였다.

"그건 그쯤하고… 권 변 건은 어땠어? 이번 건은 내가 신경을 못 써줬네?"

"에이, 저도 명색이 변호사인데 그 정도는 문제없습니다. 제가 선배님 노하우에 착안해서 숨겨진 쟁점을 찾아냈거든요."

일범의 무용담이 시작되었다.

일범의 소송은 교통사고. 우회전하려던 차량을, 앞서가던 차량이 급하게 핸들 조작을 하면서 유발한 사고였다. 그러나 직접 충돌은 없는 사고. 피해자는 있되 가해자는 없는 꼴이 되었다. 사실 피해자도 놀라기만 했을 뿐 큰 부상은 없었다. 앞 차의 차주가 사과만 제대로 했다면 그냥 지나칠 수도 있는 일.

문제는 애견이었다. 니 잘못이냐 내 잘못이냐를 따지는 통에 개가 내려서 주인 편을 든 것.

왈왈왈!

몸통은 작았지만 무척 사나웠다. 여자는 개를 안으며 피해자 폄훼성 발언까지 서슴지 않았다.

"니가 참아라. 사람이면 다 사람이니? 너보다 못한 사람이 한둘이어야지."

열받은 피해자가 소송을 위임해 왔다. 어린 딸 앞에서 받은 모욕. 게다가 그녀는 강아지를 안고 운전하고 있었다. 본인은 부인하지만 피해자는 또렷이 보았던 것이다.

불행히도 피해자의 차량 블랙박스에는 그 광경이 찍히지 않았다. 가해자 차량은 피해자 차량과 나란히, 혹은 뒤에서 달렸던 것. 가해자 차량의 선팅이 너무 짙어 블랙박스로는 인지

하기 어려웠다. 하지만 가해자의 앞에서 달리던 차가 있었다. 그 차를 찾고 보니 후방 블랙박스가 있었다.

"거기 딱 나오더라고요. 여자가 애견을 안고 운전하는 장면. 그야말로 심봤다 기분이었다니까요."

일범의 표정은 더없이 뿌듯했다. 타인에게 피해를 주고도 그걸 감추려는 피고. 그러나 피해를 입증해야만 하는 원고. 그 진미를 만끽한 것이다.

개.

애견을 기르는 사람이 많다보니 다양한 경우의 문제가 발생한다. 작게는 층간 소음, 크게는 사람을 물어 목숨까지 빼앗는 경우까지. 개를 무릎에 앉히고 운전하면 교통법규 위반이다. 도로교통법 제39조 5항에 명기되어 있다.

일범의 증거 확보는 창규가 즐겨 쓰는 CCTV 확보 기법에서 응용한 것이었다.

촹!

다시 잔이 부딪쳤다. 과음은 아니지만 술술 들어가는 술. 어느 정도 취흥이 오르자 창규는 직원들을 귀가시켰다. 일범 차와 사무장 차에 대리 기사를 붙여 보낸 것이다. 창규는 나중에 화장실에서 나왔다. 갑자기 신호를 보낸 자연의 부르심. 그걸 해결하니 몸까지 가뜬한 느낌이 들었다.

땡!

술집 엘리베이터 문이 열렸다. 대리 기사는 차에 도착해 있었다. 미안한 마음에 서둘러 1층 버튼을 누르려는 찰라, 손이 닿기 무섭게 엘리베이터의 불이 꺼져 버렸다.

'응?'

고개를 드는 순간, 창규는 바닥이 허전해지는 걸 느꼈다. 느닷없는 추락이었다.

'억!'

비명을 참으며 손을 내밀었다. 아무것도 잡히지 않았다.

테러?

엘리베이터 사고?

두 가지 생각을 하는 사이에 창규 몸은 미친 듯 곤두박질쳤다.

6. 망자(亡者)의 500억대 상속재산 반환소

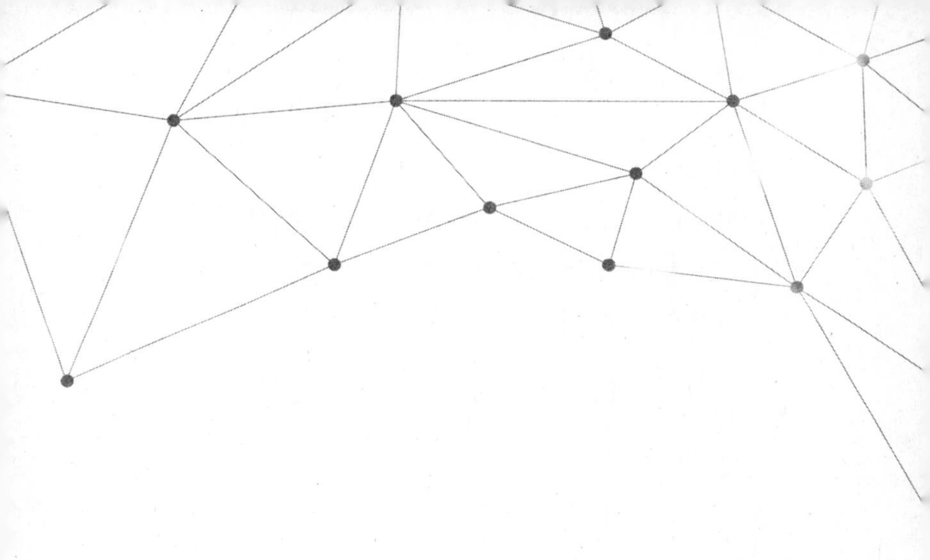

쾅!

굉음과 함께 몸이 정지되었다.

"……?"

창규는 손을 더듬었다. 뭔가 차가운 게 느껴졌다. 깜짝 놀라 눈을 떴다.

"……!"

한 번 더 놀라는 창규. 그 손을 잡고 있는 건 엽전을 가득 매단 처참한 몰골의 귀신이었다.

'억!'

돈 귀신?

돈벼락이라면 몰라도 귀신이 반가우랴? 게다가 녹슨 옛날 엽전이다. 창규가 몸서리를 치며 물러났다. 두 다리가 후들거리는 사이에 혼귀왕의 목소리가 들려왔다.

"놀랄 거 없다."

돈 귀신의 뒤였다.

"몽달천황님, 왕신여제님……."

"인사해라. 너를 찾는 귀신이니."

몽달천황이 돈 귀신을 지목했다. 다른 때와는 달리 다소 맥이 풀린 모습이었다.

"저를요? 그럼 여기는?"

그제야 안개가 자욱하게 피어올랐다. 혼귀국의 경계였다.

"이봐. 아마도 이 친구가 당신이 찾는 사람일 거야. 더 적합한 사람은 없으니까 말해보라고."

몽달천황이 돈 귀신에게 말했다. 창규는 창백한 얼굴로 돈 귀신을 바라보았다. 지금 대체 무슨 일이 일어나고 있는 건가?

절겅!

돈 귀신이 움직이자 엽전 소리가 났다. 하지만 형체뿐, 구체적인 몸은 없었다. 그는 화장당한 귀신이었다. 안개를 타고 온 돈 귀신이 창규 품에서 두둑을 뽑아 들었다. 하지만 이내 몸서리를 치며 창규 앞에 던져놓았다. 두둑의 신성을 느낀 모양이었다.

"불어보거라."

"예?"

"불어보라지 않느냐?"

돈 귀신이 소리쳤다. 기이한 울림에 귀가 터질 것 같아 얼른 두둑을 잡았다.

후웅두웅!

두둑은 여전히 인간의 울림소리를 냈다.

"과연……."

돈 귀신은 고개를 끄덕이며 됐다는 듯 신호를 보냈다. 두둑의 신성을 확인한 눈치였다.

"네가 혼귀국 전속 변호사라고?"

"……."

"대답하지 못할까?"

"그, 그렇습니다만……."

"변호사라면 돈만 내면 억울한 일을 풀어줄 수 있겠구나?"

"……."

"대답하지 못하느냐?"

"그, 그건… 법률적으로 억울할 때… 그것도 사람만 해당됩니다."

"사람?"

돈 귀신이 차갑게 응수했다.

"예……."

"그 말은 모순이구나. 그렇다면 어떻게 혼귀국의 변호사로 활동하고 있는 게냐?"

"그건 부득이한 계약이라……."

"주로 파혼 소송을 맡고 있다고?"

"예……."

"파혼이면 민사가 아니냐? 현행법상 민사를 하면 형사소송도 할 수 있는 것이고……."

"……."

짧은 지적질에 창규는 말문이 막혔다. 이 귀신은 법을 알고 있었다.

"혹시… 생전에 법조인이셨습니까?"

"아니, 법에 관심만 많은 사람이었다."

"……."

"내 모진 한이 있어 구천으로 가다가 잠시 여기 내렸노라. 이대로 눈을 감을 수 없기에 천지신명과 염라대왕에게 간청하여 나흘의 시간을 얻었으니, 마침 혼귀국이 거래하는 인간이 있다는 소리를 듣고 왔구나. 그러니 나를 좀 도와주기 바란다."

돈 귀신은 일방통행이었다.

"혼귀국의 破와 유사한 일이라면 도울 수 있을 수도 있겠습니다만."

"결정은 내가 한다."

창규가 말을 돌리자 돈 귀신 몸에서 냉기가 터졌다. 그 기세에 혼귀왕들이 몸을 웅크렸다. 돈 귀신의 파워가 혼귀왕들보다 높아 보였다. 그렇기에 두 혼귀왕은 숨을 죽이고 지켜볼 뿐이었다.

"내 전생에 돈의 신이라 이번 생에서 돈 모으는 삶을 살다 생을 마쳤다. 돈 농사는 성공했는데 그만 자식 농사를 망쳐 어렵게 번 돈이 멋대로 날아갈 지경에 이르렀구나."

"……."

"간단히 말하면 내 유산이 엉망으로 분배되었다는 말이다. 변호사가 그걸 바로잡아 주었으면 한다."

"기 결정된 유산 분배를 뒤집을 만한 유언장이라도 있는 겁니까?"

"그렇지는 않다. 젊을 때는 돈 모으는 데 정신 줄을 팔았고, 늘그막에는 자식들 괘씸함에 차일피일하다가 치매에 걸려 기회를 놓치고 말았구나."

"그렇다면 불가능합니다."

창규가 결론부터 말했다.

"뭐라?"

"무슨 사연인지 모르지만 이미 망자가 아니십니까? 그러니 유언을 다시 할 수도 없고 유언장을 쓴다고 해도 이해관계자들이 믿지 않을 겁니다. 귀신의 말 같은 건 법적 효력이 없으니까요."

"그렇기에 네게 방법을 찾아달라는 것이 아니냐?"

돈 귀신이 기염을 토했다. 말의 폭풍은 창규 살갗에서 표창처럼 긁혔다. 아팠다.

"산 자가 어떻게 죽은 자의 방법을 찾습니까? 대한민국 판례에서 본 적도 들은 적도 없습니다."

"이래도?"

돈 귀신의 손짓과 함께 창규 입에 엽전이 날아들었다. 엽전은 사납게 목구멍을 치고 들어갔다.

"꾸억!"

벼락같은 고통에 창규 몸이 뒤틀렸다.

"해결책을 찾아볼 테냐 말 테냐? 내 말에 따르지 않는다면 너는 배가 터져 죽을 때까지 엽전을 받아먹게 될 것이다."

"꾸억……."

잠시 멈추었던 엽전이 밀물처럼 밀려들었다. 창규는 폭발할 것 같은 고통으로 혼귀왕들을 바라보았다. 창규의 판단은 옳았다. 두 혼귀왕은 감히 나서지 않았다. 그들이 함부로 다룰 귀신이 아니라는 반증이었다. 심지어는…….

"혼귀왕들은 강 건너 불구경이냐?"

불호령까지 감수하는 혼귀왕들. 두 혼귀왕은 울상을 지으며 창규에게 다가섰다.

"변호사, 웬만하면 방법을 찾아보시는 게……."

"그러시게나. 저 귀신의 신력이 우리보다 높아 헛소리가 아닐 수도 있다네."

혼귀왕들의 목소리에도 두려움이 깃들어 있었다.

"하지만……."

"하지만 같은 건 없네. 성질머리를 보고도 그러나? 어제도 멋모르고 달려들던 우리 혼귀국 전사귀 아홉이 골로 갔다네. 내 체통에 웬만하면 이런 상황을 주선했겠나?"

"……."

"부탁하네. 변호사가 못 하면 우리 혼귀국에 어떤 심술을 부릴지도 모른다네."

"하지만……."

"이대로 죽으려나? 왜 이렇게 융통성이 없어?"

"좋습니다. 그럼 이 엽전들부터… 끄어어……."

창규는 세숫대야만큼 불러온 배를 안고 버둥거렸다.

"이보시게 전귀신(錢鬼神), 변호사가 알았다고 하시네. 그러니 어서… 이러다 생사람 잡겠네."

몽달천황이 말하는 사이에 창규의 배는 정상으로 돌아왔다.

"크억!"

창규는 누런 똥물을 게워내며 고통을 달랬다.

젠장!

이건 꿈이다. 그래야 맞다. 그런데 더럽게 아프다. 그렇다면 꿈이 아니다. 그래야 맞다. 그렇다면 앞뒤가 맞지 않는다. 아무튼 대충 빠져나갈 상황은 아닌 것만은 확실해 보였다.

카악, 커억…….

창규는 헛기침으로 아픈 목을 달랬다.

"진작 그러지 말이야."

돈 귀신은 창규 코앞에서 서늘한 냉기를 뿜어댔다.

'좋아. 기왕 이렇게 되는 거라면…….'

숨을 고른 창규는 정신줄을 바짝 세웠다. 혼귀국에 들어섰을 때처럼 목숨이 담보되는 일. 한번 경험이 있는 일이니 살길을 찾아야 했다.

"일단 사연부터 말씀해 보시지요."

"사연? 그냥 닥치고 내가 원하는 대로 하면 되지 무슨 사연?"

돈 귀신이 다시 기세를 올렸다.

"당사자가 망자가 되었으니 쉬운 일이 아닙니다. 제게 변론을 위임하는 거라면 협박하지 마시고 변호사로 대해주십시오. 일을 맡기는 사람이 변호사를 우습게 알면 그 이해관계에 얽힌 사람들도 저를 우습게 알 것입니다."

"그놈 주둥이 한번 실팍지구나?"

"변호사 하나는 잘 고르신 겁니다."

창규는 지지 않았다. 어차피 이렇게 된 일, 담력, 즉 죽기살기로 맞선 것이다.

"오냐. 마음에 드는구나. 나 무섭다고 똥오줌이나 지려가지고는 돈에 눈 먼 내 자식 놈들 상대하기 어렵지. 과연 신물 피리를 다루는 인간이라 다르구나."

"잘못된 상속자들이 몇이나 됩니까?"

"무려 다섯 년놈이지. 아들 셋에 딸 둘. 다 먹고살 만하고 대접받게 키워놨더니 늘그막에 불효막심으로 되갚은 놈들."

"시작하시지요."

"오냐."

대답과 함께 돈 귀신의 사연 '썰'이 시작되었다.

돈 귀신은 개성에서 태어났다. 박씨 성을 가진 아버지는 그에게 거부를 이루라는 뜻으로 '천택'이라 불렀다. 하늘 천(天)에 집(宅)이었다.

고등학교를 졸업할 무렵에 전쟁이 터졌다. 부유한 집안은 지주로 몰렸다. 별수 없이 금쪽같은 전답을 두고 남쪽으로 향했다. 어렵사리 기차를 탔지만 폭격으로 온 가족을 잃었다. 그 또한 총격에 왼팔을 맞았지만 구사일생으로 살아났다.

부산에 도착했을 때 그에게 남은 건 팔에 말라붙은 피딱지뿐이었다. 비상금을 챙겨가지고 출발한 아버지도, 어머니도, 여동생과 남동생 둘까지 하늘로 간 지 오래였다.

졸지에 혈혈단신!

그러나 그는 돈 버는 유전자가 있었다. 그 유전자는 난리통에도 빛을 발하기 시작했다. 어찌어찌 종잣돈을 마련한 그는 허름한 판잣집을 지어 피난민들에게 임대하는 방식으로 돈을 모으기 시작했다. 돈을 다룰 줄 아는 그는 빠르게 안정을 찾아갔다. 역시 고아가 된 아가씨를 만나 결혼도 했다. 그녀는 조신하고 현숙했지만 몸이 약했다. 결혼 10여 년간 아이 다섯을 낳고 유명을 달리했다.

이 다섯 자식이 문제가 되었다. 돈 버는 재미에 빠진 박천택, 아이들 양육에도 최선을 다했지만 기대만큼 따라오지 않았다. 다섯 손가락 깨물어 안 아픈 데 없다더니 크고 작은 사고가 잦았다. 그 뒷바라지하다 장년이 되니 인생이 허망해졌다. 이제 열정도 많이 가신 박천택. 재산은 어마무시하게 모았지만 그 돈을 지고 북망으로 갈 것도 아니었다.

60대 후반에 뇌출혈로 병원 신세를 졌다. 위독한 지경까지

갔다. 다섯 자식들은 뻔질나게 병실을 드나들었다. 그때 자식들의 본심을 알게 되었다. 박천택이 잠든 줄 알고 자식들이 한 말. 그 말을 고스란히 들은 것이다.

"아, 저 노인네… 유산 분배나 제대로 하고 쓰러질 것이지."

"저대로 죽으면 큰 형님이 싹 먹는 거 아니야?"

"그런 게 어디 있어요? N분의 1이지."

"여보, 무슨 수 없어요? 우리가 재산 많이 받을 수 있는……?"

자식 내외의 대화는 대동소이했다. 우리 아버지 아파서 어떡하나. 빨리 일어나셔야 할 텐데 하는 말은 누구의 입에서도 나오지 않았다.

'오냐, 내가 너희 놈들 꼴 보기 싫어서도 절대 안 죽는다.'

배신감이 에너지가 되어 박천택의 회복을 도왔다.

퇴원 무렵이 되자 자식들은 효자로 돌변했다. 어떻게든 각자의 집으로 데려가 재산을 우려낼 생각이었다.

"됐고."

일언지하에 거절하고 가정부를 들였다. 40대 초반의 탈북자 아줌마였다. 남편과 사별한 그녀는 중국의 친척집에 어린 딸을 맡겨두고 돈을 벌기 위해 나온 참이었다.

개성 인근이 고향이라는 가정부는 여러모로 박천택의 마음에 들었다. 고향 얘기도 가능하고 반찬 손맛도 입에 맞았다.

게다가 아직 자본주의 때가 묻지 않아 돈을 밝히지도 않았다. 먹고 자고 160만 원 주기로 한 돈에 20만 원을 더 올려주자 넙죽 절까지 하는 아줌마였다.

알면 알수록 착하고 마음 고운 여자. 가까이서 수발을 받다 보니 연정이 싹 텄다. 젊은 날에 아내를 떠나보낸 박천택. 이후로 돈 버는 일에 미쳐 여자 손목 한번 잡아보지 않았다. 하지만 애지중지 길러놓은 자식들은 뒤통수에 비수 꽂기만 기다리는 현실. 마음 둘 곳 없다 보니 탈북 아줌마의 착한 마음을 위로로 삼은 것이다.

"나랑 사세. 중국에 있는 어린 딸도 내 호적에 올려서 책임져 줄 테니까."

박천택은 진심이었다. 아줌마는 다섯 자식 눈총에 망설였지만 결국 그 마음을 받았다. 자식들이 바로 눈치를 깠다.

"노인네 노망났네."

"아이고, 늘그막에 정력도 좋지."

"그년이 재산 노리고 노인네 꼬신 거 아니야?"

다섯 자식은 새끼 새처럼 모여 지지배배 합창을 했다.

자식들은 이럴 때만은 제대로 뭉쳤다. 박천택 몰래 아줌마를 불러내 협박과 회유를 했다. 다섯 자식의 협공. 입에 담지 못할 모함. 착한 탈북 아줌마는 결국 보따리를 쌌다.

그녀는 진심으로 박천택을 존경하고 사랑했다. 그렇기에 자기 때문에 자식들과 의가 상하는 걸 원치 않았다. 비 내리는 날 새벽, 그녀는 정성껏 동탯국을 끓여 아침상을 차려놓고 박천택을 떠났다. 자식들이 중국 비행기 표값으로 모아준 300만 원까지도 신발장 위에다 돌려준 채.

박천택이 그 사실을 알았다. 노발대발했지만 아줌마는 중국으로 가버린 후였다.

"너희는 내 자식 아니다."

이때부터 박천택은 자식 다섯과 담을 쌓고 살았다.

세월이 쭉쭉 흘러갔다. 늘그막에 한 잡지의 인터뷰에 응했다. 아줌마 생각에 탈북 가정에 지원한 1억 원 기부 때문이었다. 덕분에 뉴스에도 잠시 나오게 되었다. 그게 이유였을까? 얼마 후에 굉장한 손님의 방문을 받게 되었다.

"……!"

열아홉 살 아가씨. 중국에서 왔다는 그녀를 보는 순간 박천택은 기절하고 말았다. 그 얼굴 속에 들어있는 또 하나의 얼굴. 바로 탈북 가정부 아줌마 심순례였던 것이다.

심순례는 중국에서 죽었다. 죽기 직전에 한국 뉴스를 보았다. 숨이 넘어가기 하루 전, 딸에게 유언을 했다. 자신이 죽으면 혼자 남을 딸, 그 걱정 때문이었다.

"저분이 네 친아버지는 아니지만 나를 진정으로 아껴준 남자였다. 네가 한국 가는 게 소원이니 찾아가 취직이라도 부탁해 보거라. 어쩌면 들어주실지도 몰라."

아가씨가 심순례 사진을 내밀었다.

"……!"

박천택의 심장은 잠시 멈췄다가 다시 뛰었다. 심순례가 확실했다. 딸은 심순례처럼 심성이 착했다. 박천택은 아가씨가 딸처럼 느껴졌다. 그래서 옆에 두었다. 심순례에게 했던 약속을 잊지 않았고 그녀에게 못다한 미안함을 딸에게라도 갚고 싶었던 것이다.

"우워어."

다섯 자식들은 다시 단체로 뒤집혔다. 희대의 사기라느니 돈을 노리고 온 수작이라느니 하는 모함을 들고 나왔다. 이제는 더 늙어버린 박천택이었다. 자식들은 전보다 더 기세등등하게 아버지를 몰아붙였다. 하지만 다행히 칼자루는 박천택에게 있었다. 아직까지도 재산을 자기 소유로 하고 있었던 것.

박천택은 자식들과 담판을 지었다.

"이 아이는 내 친생자로 호적에 올릴 거다."

정식 딸로 삼겠다는 선언이었다.

"우어어!"

자식들은 경기를 하며 반대에 나섰다. 힘이 빠진 아버지는 묵비권으로 맞섰다. 자식들은 다양한 경로로 법적 문제를 짚어보았다. 해결책이 있었다. 박선예로 이름 지어진 아가씨가 박천택 재산에 침을 바르려고 하면 아버지를 상대로 소송을 걸어서 파양절차를 밟는 것. 그 대비책으로 박선예에게 상속 포기 각서를 받고서야 친생자 등록을 수락해 주었다.

박천택은 박선예를 양녀로 정식 입양 하고 대학에 입학시켜 주었다. 하지만 첫 학기가 끝나기도 전에 치매에 걸렸다. 요양 병원으로 갔다. 3년 가까운 병원 생활 동안 그 곁을 지킨 건 박선예였다. 학기 때는 수업 후에, 방학 때는 날마다 병원에서 살았다.

다섯 자식들 역시 두 손을 모아 아버지 정신이 돌아오기를 빌었다. 각각 자신의 사람도 파견해 놓았다. 목적은 박선예와 달랐다. 정신이 돌아오면 재산을 빼돌리려는 수작이었다.

그들이 병원에 출동하는 날, 박선예가 듣는 말은 한결같았다.

"넌 나가 있어."

그런 다음 읍소와 애원을 곁들여 말했다.

"아버지, 도와주세요. 저 지금 파산 직전입니다."

"지금 재산 정리 하셔야 합니다. 자칫하면 죽 쒀서 개 준다고요."

정신이 오락가락할 때, 원장에게 던지는 질문도 똑같았다.

"우리 아버지, 언제 죽을 거 같습니까?"

그러다 박천택에게 위기가 왔다. 급성 감염이 일어나면서 사경을 헤매게 된 것. 의사가 산소호흡기를 꽂자 자식들은 쌍수를 들고 반대를 했다.

"어차피 죽을 목숨입니다."

"구차하게 연명하는 건 저분을 위해서도 좋지 않습니다."

그 위기의 순간을 지킨 건 박선예뿐이었다. 선예는 박천택의 몸을 마사지하고 입술을 적셔주며 기사회생을 도왔다. 사경을 헤매면서 아들, 딸의 테러 같은 목소리를 들었던 박천택. 더욱 결심을 공고히 하게 되었다.

"내 재산은……."

전부 박선예에게 줄 생각이었다.

사실 대학교수에 목사, 경찰 간부, 장교, 세무공무원 등 괜찮은 직업을 가진 자식들은 이미 충분한 혜택을 받고 있었다. 사업 자금을 시작으로 투자 자금도 대출 만큼 대줬고 주택에 아파트에 차량에 시시때때로 챙겨주었던 것. 그러나 자식들은 매번 말아먹었다. 자신이 노력해서 번 돈이 아니니 신중하지 않은 탓이었다.

박선예는 달랐다. 아무 조건 없는 간호만으로도 자신의 모든 재산을 받을 자격이 있다고 생각한 그였다.

그러나 치매가 원통했다. 잠시 정신이 돌아오면 자식들이 집으로 끌고 갔고, 그러다 보면 다시 치매 상태로 돌아갔다. 결국 박천택은 원하던 유언장을 남기지 못하고 숨을 거두었다.

이때까지 남은 박천택의 재산은 약 500억 원.

원래는 7, 800억대였지만 중간에 슬금슬금 줄어들었다. 다섯 자식은 피 튀기는 오국지(五國誌)를 치루며 500억을 나눠 가졌다. 박선예에게 돌아간 건 임대를 주었던 낡은 빌딩의 초소형 평형 오피스텔 두 칸과 약간의 예금이었으니 시가로 1억을 조금 넘을 뿐이었다.

돈 귀신의 사연은 여기까지였다.

"그러니까 사망 당시 재산 가액인 500억을, 입양한 따님에게 찾아주라는 겁니까?"

상황을 정리한 창규가 물었다.

"법률적 소견은 어떠냐?"

"불가능합니다."

"정 안 되면 절반 정도도 좋다."

"입양 당시 박선예 씨가 쓴 상속 포기 각서는 별 의미가 없습니다만 치매 이전에 쓴 유언장 같은 것도 없나요?"

"없어. 그때는 그놈들에게 재산을 주고 싶지 않았고, 치매에 걸린 후에는 내 기억이 내 기억이 아니라서… 유언 비슷한 걸 한 것 같기도… 아니기도……."

"그럼 효도 계약서라도……."

"한 푼도 주기 싫었는데 웬 효도 계약서?"

허얼.

한숨이 나왔다. 이미 화장된 귀신이라 섭취물 체크도 불가능한 상황. 지금까지의 설명을 바탕으로 분투하는 수밖에 없는 노릇이었다.

"법적으로는 불가능합니다. 호적에 올렸다지만 양녀로 삼은 거 아닙니까? 1억 유산을 받으며 상속 분배에 도장도 찍었고요."

"뭐든 상관없다. 나는 내 재산을 선예가 받길 원할 뿐."

돈 귀신은 단호했다. 설명이 먹힐 분위기가 아니었다.

"이틀을 주마. 거기서 단 일 초도 지나서는 안 된다."

"……?"

황당한 마음에 혼귀왕을 돌아보는 창규. 하지만 혼귀왕들은 창규의 시선을 외면해 버렸다.

—좀 눈치껏.

—변호사가 알아서 해.

그런 의미였다.

"좋습니다. 이유 불문하고 따님에게 250억 이상의 재산 반환."

창규는 정신 줄을 바짝 당겼다.

"알아듣는군."

돈 귀신 입가에 옅은 미소가 흘러갔다.

“몇 가지 조건이 있습니다.”

“조건 따위는 허용하지 않는다.”

“그럼 이 일은 못 합니다.”

창규가 받아쳤다.

“뭐라?”

“이미 분배가 끝난 재산을 반환하는 일입니다. 게다가 박천택이라는 자연인은 망자가 되었지요. 그런데 그에 수반되는 조건까지 거절한다면 무엇으로 일을 하겠습니까? 변론은 혼자 하는 게 아닙니다. 의뢰자의 적극적인 협조와 증인, 증거가 삼박자를 맞춰야 승소 확률이 높아지지요. 변호사 혼자 북 치고 장구 치는 사물놀이가 아니란 말입니다.”

“……?”

“게다가 자식분들 다 한 머리 하는 분들 아닙니까? 그분들도 나름 대책을 마련해 방어에 나설 텐데 무데뽀로 될 일입니까? 차라리 귀신으로 조화를 부리시는 게…….”

“어이.”

언변에 눌린 돈 귀신이 혼귀왕들을 돌아보았다.

“우리가 듣기에는 일리가…….”

몽달천황은 눈치껏 창규를 지지해 주었다.

“좋다. 말해보거라.”

돈 귀신이 마지못해 입을 떼었다.

"우선 두 분 혼귀왕께 묻습니다. 이 또한 혼귀국 수임의 연장이라 할 수 있는 일이겠지요?"

"아마……."

"해석상의 견해 차이가 있을 수 있으니 네, 아니오로 말해 주십시오."

"저자가 아니라 우리에게 조건을 걸려는 것이냐?"

"혼귀왕님들의 대답이 선행되어야 하기 때문입니다."

"네, 라고 할 수 있겠다."

"그럼 쌍식귀의 능력을 허용하시는 겁니다?"

"그러마."

"나아가 이 일은 계약에도 없는 데다 위험부담이 너무 큰일이니 다른 보상을 병행해 주셔야겠습니다."

"보상이라니?"

혼귀왕들이 신경을 곤두세우고 나섰다. 이미 당한 전력이 있는 까닭이었다.

"애당초 정해진 의무 소송 건수에서 4 하나를 떼어내 주십시오."

"4?"

혼귀왕들의 눈빛이 자지러졌다.

"반대하시면 저는 못 합니다. 이건 저와 혼귀국, 양자의 일이 아니지 않습니까?"

창규가 배수진을 치자 돈 귀신이 혼귀왕들을 쏘아보았다. 눈빛은 혼귀왕들 주변에 풀썩 연기를 일으켰다.

"하는 수 없지."

기세에 눌린 몽달천황이 대답했다.

"왕신여제님은요?"

"뭐 나도……."

둘의 확답을 받아낸 창규. 한숨을 돌리고 돈 귀신을 바라보았다.

"됐습니다. 이제 이틀 기한을 나흘로 늘려주시면 노력을 경주해 보겠습니다."

"나흘? 그건 안 돼. 그때면 내가 염라국으로 가야 하는 것이니!"

돈 귀신이 고개를 저었다.

"유언장도 없이 250억대 재산 반환을 이루려면 쌍식귀의 능력이 절대적으로 필요합니다. 하지만 내일과 모레가 손 없는 날이니 그들 능력을 쓸 수 없습니다. 그러니 제게는 나흘이 이틀이나 다를 바 없습니다."

"……?"

"결정하시죠."

창규가 눈빛을 세웠다. 돈 귀신의 괴기(怪奇)는 두려움의 끝판왕이었다. 보통 사람이라면 심장마비로 죽어 나자빠질 일.

하지만 그 괴기는 두둑에 닿으면서 어느 정도 중화가 되었다. 창규만이 불 수 있는 두둑. 이제 보니 그 신성함이 돈 귀신의 괴기를 버티게 해주고 있었다.

"젠장할!"

돈 귀신은 치밀어 오른 핏대를 삼켰다. 이 인간의 영혼을 쥐어짜 대기의 거름으로 주고 싶지만 다른 대타를 찾을 수 없는 돈 귀신이었다.

"알았다."

돈 귀신은 거친 포효로 수락을 했다. 이제는 창규 페이스가 되었다. 창규는 두 가지 대가를 원했다. 수임료 지불과 혼귀왕들이 한 약속에 대한 보증이 그것이었다.

"수임료는 금으로 주마."

"금이요?"

"내 죽은 후에 같은 날 죽은 졸부의 말을 들었노라. 3억 정도의 금을 묻어두고 객귀가 되었는데 혈혈단신의 고아라 연고가 없다고 하였다. 그걸 알려주면 되겠느냐?"

"그 말을 기준으로 계약서를 작성하겠습니다."

"계약서?"

"변론을 위임하면 반드시 해야 하는 과정입니다. 그렇죠?"

창규가 혼귀왕들을 돌아보았다.

"그렇긴 하죠. 특히나 그 조항도 꼼꼼히 살펴야 하고… 흠흠."

혼귀왕들은 아직도 창규의 꼼수를 잊지 못하고 있었다. 그렇게 계약서가 작성되었다. 돈 귀신은 그나마 많이 놀라지 않았다. 생전에 재산에 대한 계약서를 많이 쓴 경험 때문으로 보였다.

"두 분도 사인하시죠."

창규가 혼귀왕들을 바라보았다.

"우, 우리도?"

"공동 계약이자 증인 아닙니까? 밑에 아까 말씀드린 계약 조건을 첨가했으니 확인하시고……."

"……!"

계약서를 받아든 혼귀왕의 손이 떨렸다. 이번에는 또 무슨 꼼수가 있을까 걱정이 되는 모양이었다.

혼귀국과 체결된 의무 소송에서 4를 면해준다.

조항은 그것이었다. 다른 조항은 증인의 의무 나열에 불과했다.

"뭘 하느냐? 너희들이 시간을 잡아먹을 셈이냐?"

주저하는 사이에 돈 귀신이 화통 같은 소리를 질렀다. 혼귀왕들은 서둘러 사인을 마쳤다.

"이 순간부터 딱 나흘이다. 1초라도 어긋나면 네 목숨은 콩가루가 될 줄 알거라!"

사인이 끝나자 돈 귀신이 두 팔을 들었다. 그러자 푸른 녹이 가득한 엽전이 하늘을 덮었다. 그 엽전이 악몽처럼 쏟아질 때 창규가 눈을 떴다.

"……!"

두 눈에 들어온 건 119 구조대원이었다.

"괜찮으세요?"

구조대원이 물었다.

"어떻게 된 거죠?"

"엘리베이터 제어가 고장 나면서 지하로 곤두박질쳤어요. 다행히 지하층 직전에서 멈추는 바람에……."

"아."

"병원에 가시죠."

"아닙니다. 괜찮은 거 같은데요?"

창규가 일어나 몸을 움직여 보았다. 크게 곤란한 곳은 없었다.

"정말 괜찮으시겠습니까?"

"예, 정 이상하면 내일이라도 병원에 가보겠습니다."

"그럼……."

구조대원은 더 이상 창규를 잡지 않았다. 몸을 털고 일어선 창규는 강제로 입을 벌린 엘리베이터를 바라보았다. 그때 엘리베이터 바닥에 난데없이 엽전 하나가 떨어졌다.

짤랑!

엽전은 원을 그리며 맴돌다 모로 누웠다.

"이게 원인이었나 본데요?"

천장을 조사하던 수리직원이 소리쳤다.

엽전…….

돈 귀신 짓이다. 다 지켜보고 있다는 경고로 보였다.

창규는 서둘러 발길을 돌렸다.

7. 유언장이 웬수

“미안.”

창규가 조용하게 말했다. 통화자는 순비였다. 창규는 집이 아닌 사무실로 돌아왔다. 목숨이 걸린 일이다 보니 한가롭게 집에서 잘 수가 없었던 것이다.

“괜찮아요. 바쁘면 못 올 수도 있는 거죠.”

“병원에 갔던 일은? 바쁘다는 핑계로 이제야 물어보네.”

“그냥… 원장님이 몇 가지 검사를 하자고 해서…….”

“몸이 나빠졌나? 정기 검사일도 아니잖아?”

“그래서 물어봤더니 그런 건 아니라고 해요.”

"다행이네."

"내 걱정 말고 일하세요."

"승하는?"

"자요."

"승하가 나 기다렸지?"

"……."

"삼사 일 걸릴지도 몰라. 아무튼 빨리 끝내고 들어갈게."

"그러세요. 식사 잘 챙겨먹고요."

"잘 자."

창규가 핸드폰을 끊었다. 미안하지만 어쩔 수 없었다. 서재에서 상속법 관련 판례집을 꺼내놓았다. 일단은 유언과 상속에 대한 정리가 필요했다.

상속!

문제가 생길 소지가 있다.

재산이 많다면 더 그럴 수 있다.

재산 받을 사람들 사이가 좋지 않다면 더욱 그랬다.

상속이라고 해서 재산을 받는 것만이 아니다. 심할 경우 빚을 상속받는 사람도 있다. 더 심할 경우 손자가 할아버지 부채를 받을 수도 있는 게 상속이었다. 물론 상속 포기나 한정상속 포기 등 그에 대한 대안이 마련되어 있다. 문제는 그걸 잘 모르고 있다가 당하는 사람이 있다는 것이다.

박천택의 500여억 원.

이미 상속이 끝났다. 상속이 끝났다는 건 다섯 자식, 정확히 말하면 여섯 자식이 어떤 형태로든 분배 합의를 해서 지갑 속에 담았다는 것. 이 장바구니를 엎으려면 유언장이나 절차상의 명백한 하자를 증명해야 했다. 하지만 박천택은 유언을 하지 못하고 죽은 상태. 빼도 박도 못하는 상황을 만들어놓고 창규 모가지를 조르는 것이다.

양녀로 입양된 박선예.

3년 가까이 병간호를 했다면 들은 말이 있을 수 있었다. 치매였지만 간간히 정신이 돌아온 시간이 있었던 것. 하지만 설령 상속에 관한 말을 했다고 해도 도움이 될 수 없었다.

—내 재산은 너에게 주마.

—네 오빠 언니들은 내 재산 가질 자격이 없다. 한 푼도 안 줘.

박천택이 정신이 돌아왔을 때, 이렇게 말했다면 어떻게 될까? 답은 아무 짝에도 쓸모없다이다. 그렇다면 그 말을 녹음했다면 어떻게 될까? 그 또한 소용없음에 속한다.

그럼, 그 말을 박선예가 노트북으로 받아쳐서 출력했다면? 그래도 쓸모가 없다. 법은 유언장에 형식을 부여하고 있기 때문이었다.

유언장의 5형식. 영어의 5형식처럼 다섯 형식이 있는 것이다.

법원이 인정하는 유언장은 아래의 다섯 종류로 나뉜다.

1) 자필유언.

2) 녹음유언.

3) 공증유언.

4) 비밀유언.

5) 구수유언.

응? 녹음유언? 여기 해당되는데 왜 안 된다고 구라를 치냐고? 그건 녹음의 형식 때문이다. 녹음이 유언의 한 방식이 될 수 있기는 하지만 필수 요건이 있다.

—유언자의 취지, 유언자의 이름과 녹음 연월일, 유언에 참여한 증인의 이름에다 유언 내용의 확인 절차.

이 형식을 갖추지 않은 녹음유언은 인정하지 않는다. 그렇기 때문에 단순히 내 재산을 너에게 주마 하는 식의 녹음은 법원에서 인정받지 못하는 것이다.

나아가 나머지 유언에도 나름 형식과 조건이 있다. 우선 자필유언이라고 해도 작성 날짜와 주소, 이름에 도장까지 찍어야 한다. 위 형식 중 하나라도 미비하면 효력이 없다. 주소의 경우, 상세 주소를 써야지 역삼동 등의 동, 면까지만 쓰면 그 역시 무효다. 다만 도장이 없으면 지장을 찍어도 무방하다.

약간 생소한 구수유언의 경우 주로 급박한 상황에 이용된다. 예를 들면 사고나 위독한 상태로 임종 직전 등이 사례가 된다. 여기에도 형식은 있으니 2인 이상의 증인 참석이 필요하다. 두 증인 중의 한 명에게 유언을 말하고 다른 한 명이 받아 적는다. 받아 적은 증인은 유언자에게 내용 확인을 해야 한다. 마무리로 유언자와 증인이 유언장에 서명 혹은 도장을 찍고 유언 후 7일 이내에 반드시 법원에 제출해 유언의 유효함을 확인받는 절차가 필요하다.

응? 은근히 어렵다고?

골치 아파서 유언 안 하겠다고?

돈 귀신도 그래서 이런 사단이 난 것 아닌가?

워드로 뽑은 유언도 인정받는 경우가 있다. 그러기 위해서는 다음 형식을 갖춰야 한다. 유언자의 이름, 봉투 밀봉, 2명 이상의 증인에 의한 확인, 봉투에 유언장이라고 기록, 증인에게 확인받은 후에 봉투에 날짜 기록, 봉투에 유언자와 증인의 이름 기재 후 도장 날인, 마지막으로 봉투에 기재한 날짜로부터 5일 안에 확정 일자를 받아두면 유언으로 인정받을 수 있다.

스마트폰 시대가 되면서 동영상 유언도 가능하다. 하지만 이 모든 유언에는 하나의 대전제가 있다. 유언은 언제든 철회가 가능하며, '무조건' 나중에 한 유언이 유효하다는 사실.

최근 대두되는 유산상속의 하나로 효도 계약서라는 게 있다. 말하자면 효도 조건부 상속이다. 박천택의 말을 빌리자면 그의 자식들은 공인된 불효자들. 그런 경우라면 상속 철회도 가능해진다. 상속을 받은 후에 불효를 자행한다면 말이다. 그러나 이 또한 박천택이 살았을 때의 경우일 뿐이다.

'후우!'

대략의 상속법을 훑어본 창규 입에서 한숨이 나왔다.

자필유언, 없음.

공증유언, 없음.

비밀유언, 없음.

구수유언, 없음.

변호인의 청구는 이유 없으므로 단칼에 기각합니다.

땅땅땅!

법봉 소리가 환청으로 들려왔다. 마지막으로 희망을 거는 건 녹음유언. 양녀가 3년 가까이 병수발을 했다니 혹시라도 녹음이나 동영상이 있을 수 있었다. 하지만 그저 희망 사항일 뿐이다. 그런 게 있다면 재산분배 때 밝혀졌을 일이다. 혹 비슷한 영상이 있다고 해도 녹음유언의 형식에 맞을 가능성은 높지 않았다.

그사이에 아침이 훤하게 밝아오고 있었다. 시간이라는 놈, 급할 때는 비행기 속도로 흘러간다.

"변호사님, 자료 나왔어요."

이틀 후 이른 아침, 일찌감치 출근한 사무장이 서류 뭉치를 내밀었다. 엊그제 창규가 한 부탁이 나온 것이다. 여섯 명의 신상을 확보하는 일이라 시간이 좀 걸릴 수밖에 없었다.

다섯 자녀와 양녀 한 사람. 도합 여섯 사람의 자료는 꽤 많았다.

“다들 먹고살 만한 사람들이던데요? 간단히 말하면 사회 상류층?”

“한 사람만 빼고?”

“네, 막내는 나이 차이가 많고 사는 것도 그저 그런…….”

“양녀거든.”

“아, 어쩐지…….”

“특이점은 없고?”

“없어요. 겉보기에는 빵빵한 집안이던데요? 대학교수에 목사에 기술직, 고위 공무원…….”

“막내는 사회복지학 전공이네?”

서류를 체크하던 창규가 고개를 들었다.

“학교 평판도 좋던데요?”

“고마워.”

“그런데…….”

사무장이 조심스레 창규를 바라보았다. 사무장은 알았다. 눈치를 보니 뉴스 파타 쪽에서 온 소스다. 그렇다면 창규가 독단적으로 진행한다. 결론인즉 다른 일을 봐줄 시간이 없다는 것.

“할 말 있으면 하세요?”

“당분간 또 바쁘신 거죠?”

“그렇게 됐어요. 미안해요.”

“아뇨. 하지만 어제 말씀드린 민권변 쪽 말이에요. 어떻게 할까요?”

민권변이면 민주인권변호사모임의 약자. 사회적 약자를 돕고 정의 수호에 뜻깊은 변호사들이 의기투합한 단체였다.

“아, 깜박했네. 뭐였지?”

“변호사님과 상의할 게 있다고…….”

“잠깐만 미뤄두시고 이 건에 집중하세요. 너무 중요한 일입니다.”

“알겠습니다. 더 도와드릴 건요?”

“여섯 사람, 거주지와 재산 상황 제대로 체크 끝난 거죠?”

“상길 씨가 이틀 동안 뺑이를 쳤으니 거의 맞을 겁니다. 다들 국내에 있고요, 차녀 동선을 마지막으로 체크 중입니다.”

“요양병원 CCTV는요?”

“그쪽 경찰서하고 보건소에 지인을 물색해 두었어요. 확보되면 바로 분석해 둘게요.”

“좋아요. 하나도 빼먹지 마시고 체크 끝나는 대로 다섯 자녀에게 사람도 붙여서 소재를 파악하고 있으세요. 실수가 일어나면 절대 안 됩니다."

창규가 겉옷을 집어 들며 말했다. 자녀들을 한자리에 소집할 생각이었다. 상속 문제에 대한 소 제기가 있다고 하면 거품 물고 달려올 사람들이었다.

"식사는 하고 다니시는 거예요?"

"그럼요. 사무장님, 아침 굶고 왔으면 나가서 식사하세요."

"그리고… 아까 사모님이 이거 가져다 두셨어요."

사무장이 쇼핑백을 내밀었다. 옷가지와 속옷이었다. 속 깊은 순비, 방해가 될까 봐 들어오지도 않고 옷만 주고 간 것이다.

[고마워, 당신이 최고.]

문자를 전하고 사무실을 나섰다. 그제가 음력 9일. 어제가 10일이니 오늘은 11일. 쌍식귀의 휴식이 끝난 것이다. 그렇기에 창규는 이틀 동안 여섯 자녀의 정보 수집에만 진력했다. 이런 계산 없이 덜컥 돈 귀신의 제의를 받았더라면… 좌충우돌 애만 태우다 쌍식귀를 써먹지도 못하고 아침 해도 보지 못했을 일이었다.

'강강오피스텔.'

네비게이션에 주소를 찍었다. 최우선 타겟은 박선예. 그녀부터 체크를 해야 했다. 그래도 다섯이나 남는다. 그들이 한자리에 모여주면 그나마 다행이었다. 하지만 한 사람이라도 빠지면 각개격파에 돌입해야 한다. 시간을 고려할 때 눈코 뜰 새조차도 없는 창규였다.

부릉!

창규의 차는 빠르게 차도에 올라섰다.

오피스텔 앞에서 창규가 서류를 꺼내 들었다. 한 번 더 박천택에 관해 상기하는 창규. 20대의 아가씨이니 남자에 대한 경계심이 높을 수 있었다. 말 한 마디 잘못 꺼내면 바로 문전박대를 당하는 것이다. 아니, 어쩌면 경찰을 부를 수도 있었다.

'한 많은 대동강…….'

박천택에게 물은 몇 가지 선호 중의 하나. 노래는 한 많은 대동강, 음식은 소머리국밥. 일단 그가 좋아하는 곡의 다운로드를 확인하고서야 벨을 눌렀다.

딩동딩동!

대답이 없다.

딩동딩동!

한 번 더 눌러도 기척은 나지 않았다.

'동선 파악이 틀린 건가?'

다시 벨을 누르는 창규. 그래도 응답이 없자 별수 없이 문을 두드렸다.

"박선예 씨."

쾅쾅!

소용이 없다. 복도만 울릴 뿐 기척은 나오지 않았다.

처음부터 불발탄?

마음이 초조해질 뒤에서 여자 목소리가 들렸다.

"누구세요?"

"……?"

창규는 하마터면 서류를 떨어뜨릴 뻔했다. 안에 있을 줄 알았던 박선예가 등 뒤에 서 있는 게 아닌가? 그녀는 운동복 차림이었다. 아마도 헬스장 같은 데를 다녀오는 모양이었다.

"누구시냐고요?"

"아, 저 강창규라고, 변호사입니다."

창규가 명함을 건네주었다.

"변호사가 왜요?"

"박천택 씨 아시죠?"

"네."

"돌아가셨죠?"

"네."

"잠깐 밖에 나가서 말씀 좀 드려도 될까요?"

"우리 아빠는 어떻게 아세요?"

"아… 실은 제가 그분 생전에 유산 문제 상담을 받았었습니다. 나중에 사망하시면 제대로 이행이 되었나 확인을 해달고 하셔서……."

"유산상속은 다 끝났는데요?"

"알고 있습니다. 박선예 씨는 여기 오피스텔 두 개를 받았죠."

"네."

"다른 건요?"

"아빠 물건들요. 그건 제가 다 챙겼어요."

"아버지를 3년 가까이 돌보셨다죠?"

"아뇨."

박선예가 고개를 저었다.

"아니라고요?"

"돌보다뇨. 아빠가 저를 돌본 거죠. 저는 그렇게 생각해요."

"……!"

박선예의 말이 창규의 허를 찔렀다. 돈 귀신도 인정한 병간호 정성의 끝판왕. 그러나 정작 당사자 박선예는 티를 내지 않았다.

"그럼 혹시 병간호 중에 새로운 유언이 없었습니까? 그분께서는 당신의 모든 재산을 박선예 씨에게 주고 싶어 했습니다. 하지만 부득 유언까지는 기피하시고 사후에라도 당신 뜻대로 되지 않았을 경우 바로잡아 달라는 부탁을……."

"유언… 하셨어요."

"네?"

담담하게 나온 박선예의 대답이 창규 뇌리에 햇살을 비쳤다.

"유언을 하셨단 말입니까? 당신의 재산은 전부 박선예 씨에게 준다는?"

"네!"

다시 인정하는 박선예.

오 마이 갓!

일이 이렇게 간단히 풀린단 말인가?

"그런데 왜 고작 이 오피스텔을?"

"고작이라뇨? 아빠가 피땀 흘려 번 돈으로 산 건데요. 1억 벌기가 쉬운 줄 아세요? 최저 시급으로 모으려면 10년이 걸릴지도 몰라요."

"네?"

"그리고 제가 원했어요."

"네?"

너무나 선명한 박선예의 대답에 창규는 어안이 벙벙해지고 말았다.

"박선예 씨."

"제가 원했다고요."

"……"

"우리 아빠가 선생님께 유산 정리를 부탁하셨다고요?"

"예."

"그럼 일단 들어오세요."

"안으로요?"

한 번 움찔하는 창규. 혼자 사는 여자. 어쩌면 경계심의 각부터 세울 수 있는 상황이다. 그런데도 박천택을 대하듯 진솔한 것이다. 그 해답 역시 그녀의 목소리에서 나왔다.

"아빠 변호사시라면서요? 우리 아빠가 허튼 사람 골랐을 리 없잖아요."

"……!"

다시 말문이 막혔다. 이 아가씨는 부처의 현신인 것일까? 현대에 천사가 있다면 이런 마음이 아닐까 싶을 정도였다.

박선예가 오피스텔 문을 열었다. 거기서 창규는 또 한 번 뒤집어지고 말았다.

'아!'

박선예의 오피스텔. 그 안에는 박천택의 모든 것이 차곡차곡 보관되어 있었다. 병실의 모습을 찍은 사진과 소소한 물건들, 지갑부터 손목시계, 심지어는 이제는 보기 드문 카세트테이프까지…….

"아빠 물건들이에요. 죄송하지만 우리 아빠를 잘 아세요?"

"그, 그럼요."

"그럼 문제 하나 낼게요."

"……."

"우리 아빠 십팔번이 뭔지 아세요?"

그녀가 물었다. 창규는 대답 대신 오래 된 카세트테이프를 집어들었다. 한 많은 대동강이 타이틀곡으로 나온 테이프였다.

"십칠번은요?"

질문을 따라 창규 손이 움직였다. 이번에는 그 옆에 있는 애수의 소야곡이었다.

"맞아요. 운명 직전에 그 두 노래를 백 번도 더 들으셨어요."

그녀는 테이프를 소중하게 어루만졌다. 눈동자가 애잔하다. 조용히 돌아선 그녀가 커피를 내왔다. 한없이 차분한 모습에서는 신성함마저 엿보였다.

"유언 말입니다."

겨우 한 모금을 넘긴 창규가 운을 뗐었다.

"말씀하세요."

"자필 유언인가요? 아니면……."

"녹음이에요."

"녹음?"

머리털이 곤두섰다. 녹음이라면 명쾌하다. 자필처럼 필적감정 절차 같은 것도 필요 없는 것이다.

"하지만 중요하지 않아요."

"박선예 씨."

"그래서 오빠 언니들에게도 공개하지 않았어요."

"……!"

창규가 왈딱 고개를 들었다. 공개하지도 않았다고?

"그걸 공개했다면 언니 오빠들은 아빠를 비난하고 원색적인 욕을 했을 거예요. 저는 그게 싫었어요. 아빠는 욕먹을 분이 아니니까요."

"하지만……."

"저는 괜찮아요. 돈 대신에 다른 유산을 받았거든요."

다른 유산?

그렇다면 숨겨둔 보석이나 금괴 같은 거라도 있었던 걸까?

"그게… 뭔지 물어도 될까요?"

창규가 조심스레 파고들었다.

"아빠의 마지막과 아빠의 모든 것."

"……?"

"아빠는 제게 금덩이보다 귀한 사랑을 주셨어요. 아무 조건도 없이 딸로 호적에 올려주었으니까요. 더구나 아빠의 마지막 시간을 허락해 주셨어요. 그걸로 충분해요. 엄마가 원한 것도 그거였어요. 언니 오빠들 말처럼 돈이나 우려내고 뜯어먹으려고 온 건 아니거든요."

"……."

"그러니 유산 문제는 그냥 묻어주세요. 저는 이 오피스텔 두 개면 충분해요. 이것만 해도 저는 제 생애 최고의 부자인 걸요."

헐!

작은 것에도 큰 의미를 붙일 줄 아는 아가씨…….

"알겠습니다. 일단… 그 유언 좀 들을 수 있을까요?"

"그건 문제없어요."

그녀가 핸드폰을 꺼내 들었다. 동시에 창규 입으로 마른침이 넘어갔다. 박천택은 유산상속에 신경을 쓴 사람. 그렇다면 형식을 갖춰 유언을 했을 가능성이 높았다.

톡!

그녀가 화면 파일을 터치했다. 영상이 나오기 시작했다. 병원 정원의 휠체어에 앉은 얼굴이었다.

—말하면 되니?

생전의 박천택이 고개를 빼들었다. 풍상을 겪은 거물답게 선이 굵은 얼굴이었다.

—네, 아빠.

—그럼 시작한다?

—네, 레디, 고!

—흠흠!

그녀가 외치지만 박천택은 다시 뜸을 들인다.

—힘드세요?

—아니, 무슨 영화 찍는 거 같아서 쑥쓰러워서… 이런 거 해본 적이 있어야지.

—그럼 다음에 할까요?

—아니다. 저번에도 그러다 실패했잖니?

—그럼 시작하세요. 고!

—에, 또… 그 뭣이냐… 내 이름은 밀양 박가에 하늘 천 자 집 택 자 쓰는 박천택이고… 에, 또 오늘은…….

박천택은 메모지를 보며 연원일을 이어갔다.

—오늘 내가 이렇게 동영상을 찍는 건 재산상속 유언을 하기 위함인데… 나 박천택에게는 아들 셋과 딸 셋이 있으니 그 이름은…….

이번에는 자녀들의 이름을 줄줄이 읊고 가는 박천택. 더듬거리던 그의 발음은 박선예의 이름에서 분명해졌다.

박선예.

애정이 깃든 발음이었다.

—아무튼 내가 가지고 있는 모든 재산은 우리 막내 박선예에게 주겠다 이거야. 이유는 앞의 다섯 년놈들은 싸가지가 없

는 데다 이미 줄 만큼 줬거든. 그러니까 남은 재산은 전부 우리 이쁜 막내에게 준다. 됐지?

됐지?

영상은 거기까지였다.

"……!"

긴장하던 창규 미간이 확 일그러졌다. 다 좋았다. 박천택은 분명 유언의 형식을 알고 있었다. 그렇기에 이름과 연월일, 유언의 취지까지 덧붙인 것이다.

하지만!

애석하게도 그건 유언으로 인정받기 어려웠다. 단 하나의 미비점. 증인 몫이 빠진 것이다.

"아쉽네요. 이건 유언의 형식을 다 갖추지 못했습니다."

창규의 정신줄에서 나사 하나가 풀려나갔다.

"어, 이거 아빠가 다른 간병사님이랑 연습까지 한 거라던데?"

"연습요?"

"네."

"그거 딱 한 번만 녹화한 건가요?"

"아뇨. 또 있기는 해요."

"……!"

너무나 간단한 대답에 희망이 살아났지만 그 또한 다르지 않았다. 유언 영상은 모두 세 개였는데 하나는 박천택의 이름을 빼먹었고, 또 하나는 취지와 연월일을 빼먹었다. 물론, 셋 다 공통적으로 증인에 대한 언급이 없었다.

박천택, 형식은 알고 있었지만 치매로 인해 일부를 망각한 모양이었다. 박선예는 유언을 잘 몰라 박천택이 원하는 대로 동영상만 찍었던 것이다.

"하아!"

창규 입에서 한숨이 나왔다.

"어머, 너무 실망하지 마세요. 저는 진짜로 괜찮다니까요."

박선예가 오히려 창규를 위로하는 상황이 벌어졌다.

"아뇨, 괜찮지 않습니다."

창규가 고개를 들었다. 첫 단추가 실망스럽다고 포기할 수 있는 일이 아니었다.

"왜요? 제가 괜찮다고요."

"선예 양은 괜찮을지 모르지만 아버님이 괜찮지 않습니다."

"우리 아빠요?"

"네."

"아뇨. 아빠도 이해하실 거예요."

"이해하지 못합니다."

창규가 말꼬리를 자르고 들어섰다. 이해하는 사람이 창규를 그렇게 닦아세울 리 없었다.

"변호사 선생님이 어떻게 아세요? 징표나 다른 유언이라도 남기셨나요?"

'징표나 유언?'

박선예의 질문에 창규는 다시 나사 하나가 더 풀어졌다. 징표로 받은 게 있었다. 하지만 창규 머리에 들었다. 박선예에게 보여줄 수 있는 게 아니었다.

"유언이 아니라 부탁……."

'나를 죽이겠다는 협박입니다.'

그렇게 말하고 싶었지만 순화시켰다.

"아무튼 제 생각에는 그냥 묻어두셨으면 해요. 아빠가 다시 살아와서 말씀하시면 모를까 그 문제는 더 거론하고 싶지 않아요."

박선예의 태도는 확고했다.

낭패!

박선예는 유산을 받을 사람. 줄 사람도 문제지만 받을 사람이 받지 않겠다면 도리가 없었다. 묘수가 필요했다. 박선예의 마음부터 돌려놓는 묘수…….

쌍식귀!

아낄 것도 없는 일이었다. 창규는 섭취물 카테고리를 매개로 박선예와 박천택의 공감을 뒤지기 시작했다.

[유언]

[박천택]

[새 아빠]

세 옵션은 바삐 박선예의 섭취물에 담긴 기억을 찾아냈다. 물과 미음, 죽과 한 잔의 커피 등이 리딩을 도왔다.

"내 재산은 전부 선예 네 거다."

"내 자식들이 네 반만 닮았어도……."

"다들 나를 현금 지급기로 알고 있지 아버지로 생각해 주는 놈은 하나도 없어."

병실에서, 산책로에서, 말년에는 휠체어 위에서 박천택이 말했다. 박천택에게 있어 박선예는 정말 천사의 강림, 그 자체였다.

박선예의 마음을 돌릴 만한 단서는 마지막에 보였다. 운명 사흘 전이었다. 첫새벽에 잠이 깬 박선예, 박천택이 눈을 뜬 걸 알았다.

"아빠 왜 이렇게 일찍 깼어요? 더 주무시지 않고……."

선예는 습관처럼 생수 빨대를 입에 대주었다. 순간 박천택의 목소리가 생생하게 들려왔다. 근 한 달 가까이 헛소리만 하던 박천택이었다.

"우리 선예 얼굴 한 번 더 보려고……."

"아빠, 정신이 돌아왔어요?"

"내가 언제는 제정신 아니고?"

"아빠……."

"우리 선예가 고생이 많구나."

"고생은요, 아빠랑 있는 시간이 제일 행복하다니까요."

"학교는 잘 다니지?"

"그럼요. 누가 보내준 학곤데요. 저 다음 학기에 장학금도 받아요. 그 돈 나오면 아빠가 좋아하는 소머리국밥 사다 드릴게요."

"말만 들어도 배가 부르구나."

"말만으로 먹으면 안 돼요. 꼭 저랑 같이 먹어요."

"이리 가까이……."

"걱정 마세요. 저 아무 데도 안 가요."

"내가 가잖아."

"……."

박천택의 한마디가 선예 가슴을 울렸다. 선예는 대꾸하지 못했다. 원장에게 들은 말 때문이었다.

"길어야 이삼 일 내로 돌아가실 겁니다."

"언니 오빠들은?"

"연락할까요?"

"아니, 그것들이 오면 머리만 아프지. 유산상속장이나 내밀며 도장 찍으라고 할 테니……."

"……."

"아빠가 이제 가야 할 거 같아."

"무슨 말씀이세요? 정신도 돌아왔는데……."

"내 부모님이 오셨어. 빨리 오라고 손을 흔드시네?"

"아빠……."

"내 전화……."

"여기 있어요."

선예가 핸드폰을 넘겼다. 아직도 016, 아직도 접었다 펴는 구식 핸드폰이었다.

"이건 넣어둬야지. 그래야 선예에게 하고 싶은 말이 있으면 전화를 걸지."

"아빠……."

"내 번호 잊지 말거라. 너 잘 모르는 번호로 전화 오면 끊어버리잖아?"

"안 잊어요. 죽어도 안 잊어요. 그러니 그런 말씀 마세요."

"삼발이 통통개 삽살… 메밀을 먹이면 멍멍… 삼팔선 철조망에 꽃을 피우면 아버지가 빨래를 할 텐데. 그럼 이 총알이 날아와 옷을 말리지."

박천택의 제정신은 거기까지였다. 어릴 적부터 치매 직전까지의 기억을 뒤섞어 웅얼거리던 박천택은 자식들이 총출동하기 시작한 직후에 목숨을 거두었다. 공교롭게도 장남과 차녀가 병실 문을 여는 것과 동시였다. 마치 그들을 거부라도 하는 듯이.

여기까지.

창규의 리딩은 거기서 끝났다.

박선예의 마음을 돌릴 수 있는 단서는 전화였다. 그러나 있을 수 없는 일이었다. 죽은 사람에게서 어떻게 전화가 올 것인가? 창규는 다른 카드를 뽑을 수밖에 없었다.

"화장실 좀 잠깐 써도 될까요?"

"그러세요."

그녀가 화장실을 가리켰다. 두둑을 챙겨 들고 들어섰다. 불은 켜지 않았다. 지금은 낮 시간. 하지만 혼귀왕들은 시간에 절대적 지배를 받지 않는다. 돈 귀신은 혼귀왕보다 더 센 파워를 가졌으니 그 또한 그럴 수 있을지 몰랐다.

후웅두우웅!

두둑을 불었다. 혼귀왕들은 응답하지 않았다. 그대로 허공에 대고 쉰 소리로 샤우팅을 내질렀다.

"죄송하지만 시간 없습니다. 당장 도와주지 않으시면 끝장이라고요."

그 말이 통했다. 두 혼귀왕이 곧 모습을 드러냈다.

"꼭 이 시간에, 이런 데서 불러야겠느냐?"

몽달천황이 말했다.

"저도 별로 내키지 않습니다만."

"무슨 일이냐?"

"일이 꽉 막혔습니다. 제게 오더를 내린 돈 귀신을 불러주실 수 있습니까?"

"그자를?"

바로 당황하는 몽달천황이었다.

8. 연습이 실전이 되다

"여기 사는 여자가 돈 귀신의 양녀인데 돈 귀신의 뜻과 반대로 나가고 있습니다. 그 마음부터 돌려놓지 않으면 말짱 꽝이 된단 말입니다."

"어쩌죠?"

몽달천황이 왕신여제를 돌아보았다.

"왜 나를 보는 거죠?"

"그게……."

"지금 나보고 그 엽전 덩어리를 꼬셔오란 말인가요?"

"그럼 어쩝니까? 내가 가는 것보다야 낫겠죠?"

"몽달천황님?"

"그 귀신의 성질머리 봤잖습니까? 자칫하면 우리 혼귀국을 뒤집어놓을 수도 있어요. 그러니 구국의 일념을 가지시고……."

"구국을 왜 나 혼자 하란 말인가요?"

"변호사 말이 시간이 없다지 않습니까?"

"이제 고작 하루 남았습니다. 만날 사람이 무려 여섯 명이라고요."

창규가 몽달천황을 거들었다.

"왜 꼭 그자를 불러야 한다는 말이냐?"

왕신여제가 소리쳤다.

"양녀가, 아니 막내딸이 유산상속을 받지 않겠다고 합니다. 평양감사도 저 싫으면 그만이니 어쩌면 일이 간단하게 해결될지도 모릅니다."

"간단하게라니?"

"막내딸이 싫다고 하니 낸들 어쩌겠냐? 없던 일로 하자. 돈 귀신이 이 말을 받아들이면 끝나는 거 아닙니까?"

"받아들이지 않으면?"

"막내딸을 움직일 수 있는 방법을 찾아야 합니다. 그래야 죽이 되든 밥이 되든 결론이 도출될 거 아닙니까?"

"듣고 보니 그럴듯하기는 하다만 그 성질머리에 우리 제의를 들어줄까?"

"제게 생각이 있습니다."

"무슨 생각?"

"그게……."

창규가 두 혼귀왕에게 속삭였다. 창규가 원하는 건 돈 귀신의 현신. 돈 귀신이 직접 나타나 박선예에게 '새 유언'을 전하면 된다. 만약 그게 불가능하면 차선책은 전화였다.

"으음……."

설명을 들은 왕신여제가 진지해졌다. 그녀는 잿빛 연기와 함께 사라졌다.

쿠슝!

잠시 후 짧은 섬광과 함께 왕신여제가 돌아왔다.

"다행히 변호사 전략이 먹혔어. 인간에게 나타나는 건 금지되었고, 설령 할 수 있다고 해도 화장(火葬)된 꼴로 막내딸 앞에 나타나고 싶지 않다는 거야. 그래서 변호사 말대로 전화 얘기를 꺼냈더니 그건 협조해 주겠다고 하더라고."

"언제 말이죠?"

"지금 곧?"

"알았습니다."

창규는 그 자리에서 돌아섰다.

"선예 양."

화장실에서 나온 창규가 선예를 불렀다.

"예?"

"생각이 났어요."

"뭐가요?"

"아버지 말이에요. 아까 아버지께서 말하면 생각을 바꿀 수 있다고 하셨죠?"

"네."

"그거 기억해요? 아버지가 운명하시기 직전 하신 말."

"……?"

"하고 싶은 말이 있으면 전화를 걸겠다는 약속 말이에요."

"어머, 그걸 어떻게 아세요?"

"나한테도 그 말씀 하셨거든요."

"그래요?"

"지금 전화가 올 겁니다."

"아버지에게서요?"

"예."

"변호사 선생님."

"믿어주세요. 그분의 약속입니다."

"풋!"

담담하던 선예 입에서 실소가 터졌다.

"저기… 죄송하지만 지금 농담이죠? 농담이 아니면 병원에 가보셔야 할 거 같……?"

선예가 하던 말을 멈췄다. 핸드폰이 울린 것이다. 무심결에 화면을 돌아본 선예의 동공에 지진이 일었다.

"……!"

순식간에 어깨까지 흔들리는 선예. 발신자 정보에 '사랑하는 아빠'라는 글자가 뜬 것이다. 놀란 눈으로 창규를 바라보는 선예. 그녀는 떨리는 손으로 핸드폰을 받았다. 목소리 없이 전화가 끊겼다. 다시 전화가 울렸다. 이번에도 박천택의 전화가 맞았다. 선예는 부산스럽게 서랍을 열었다. 박천택의 폴더폰이 거기 있었다.

"이거……?"

그러면서 다시 자기 핸드폰을 보는 선예. 화면에 찍힌 발신자는 여전히 '사랑하는 아빠'였다. 전화를 받지만 소리는 나지 않았다. 이번에는 박선예, 박천택의 핸드폰을 바라보며 역으로 생각했다. 그녀는 떨리는 손으로 통화 버튼을 터치했다. 박천택에게 전화를 건 것이다. 그러자!

"전~ 화 왔~ 어요!"

박천택의 폴더폰이 울렸다. 개구지고 앙징맞은 꼬마 아이 멘트였다. 박선예가 골라준 그것이었다. 박선예는 그 자리에 주저앉고 말았다.

"선예 양."

창규가 부축하자 그녀가 팔을 밀어냈다. 선예의 눈은 여전히 박천택의 전화기에 있었다. 끊고 다시 걸어본다.

"전~ 화 왔~ 어요!"

다시 박천택 전화가 울렸다. 끊고 또 걸었다. 그래도 또 걸렸다.

"아빠……."

선예는 결국 두 개의 전화기를 품에 안고 흐느끼고 말았다.

'휴우.'

창규 입에서 쉰 날숨이 나왔다. 이제야 말이 통할 수 있게 된 것 같았다.

"……!"

창규의 설명을 듣고 난 선예가 침묵했다. 박천택이 원하는 상속재산 환수. 그리하여 전부 박선예 앞으로 돌려놓는 것. 쉬운 일도 아니지만 박선예는 원치 않는 일.

그녀로서는 이유가 있었다. 언니 오빠들은 처음부터 못을 박고 나왔었다.

"대를 이어 돈 노리고 왔구나?"

"네 엄마가 우리 아버지 돈 빼먹으라고 유언했니?"

날선 의혹과 의심들 앞에서 선예는 순백의 마음으로 대답했었다.

"나는 재산에 관심 없어요. 우리 엄마도."

그런데 일이 여기에 이르게 되었다. 이렇게 되면 결국 언니 오빠들 말이 맞아떨어지는 것. 선예로서는 그들의 비난을 감당할 자신이 없었고, 실제로 돈에 대한 욕심도 없었다. 중국 땅에서 겨우 고등학교를 졸업한 그녀는 현재의 작은 오피스텔 두 칸과, 박천택이 넘겨준 약간의 통장 잔액으로 만족하고 있었다. 그것만 있으면 앞으로 잘살 자신도 있었다.

창규는 선예를 설득했다. 아버지가 피땀 흘려 모은 재산이었다. 아버지는 그걸 지키려는 것이다. 그 유지를 받드는 것 또한 아버지를 위하는 길이다. 동시에 대안도 던져주었다.

대안.

"그러니까 일단 강한 주장을 한 후에……."

"……."

50을 얻기 위한 100의 주장. 창규 설명을 들은 선예의 눈빛이 풀렸다.

재산 반환소 위임.

마침내 선예가 변호사 선임장에 사인을 했다. 이제야 겨우 첫 단추를 끼는 창규였다.

"사무장님."

오피스텔을 나온 창규가 전화를 걸었다.

"말씀하세요."

"CCTV는 어떻게 됐나요?"

"확보했고요, 유의할 상황도 몇 장면 잡았습니다. 하지만 목소리 없이 화면만 있어서……."

"그거라도 어딥니까?"

"유의할 상황 중에 보이는 간병인이 있어서 권 변호사님이 상길 씨에게 달려갔습니다. 혹시 도움될 말이 나올까 싶어서요."

"좋습니다. 박천택 씨 다섯 자녀에게 사람 붙어 있죠?"

"당연하죠."

"지금 즉시 소집하세요. 맞이할 준비도 해두시고요."

"지금요?"

"네, Now!"

"알겠습니다."

사무장이 전화를 끊었다.

"선예 양."

창규가 뒤에 선 박선예를 돌아보았다.

"네?"

"오늘 전투가 만만치 않을 테니 일단 든든하게 먹고 시작할까요?"

"네……."

"기왕이면 아빠가 좋아하던 메뉴로 가죠. 소머리국밥."

"어머, 그것도 알아요?"

긴장에 빠져있던 선예 얼굴이 펴졌다.
"선예 양도 좋아하죠?"
리딩에서 얻은 정보지만 모른 척 물었다.
"그럼요. 아빠가 좋아하던 음식인데……."
"가요. 아무래도 곱빼기로 먹어둬야 할 거 같네요."
창규 손이 차를 가리켰다.

쾅!
다섯 자녀의 등장은 요란했다. 그 서막은 장남이었다. 목사를 하고 있는 장남 박기호, 그는 변호사까지 대동한 채 핏대를 올리며 사무실에 들어섰다.
"누가 강창규야?"
장남은 목소리부터 높였다.
"누구시죠?"
"나 박기호라는 사람이야. 당신들 누구 마음대로 이 따위 개수작이야?"
장남이 흔든 건 소송 제기 통보장이었다. 원래는 내용증명으로 보내는 사항. 하지만 시간이 없기에 내용증명으로 보낼 것을 인편에 전한 창규였다.
"들어가시죠. 변호사님은 안에 계십니다만."
사무장은 태연하게 회의실을 가리켰다.

쾅!

회의실 문도 거칠게 열렸다. 창규는 노트북을 들여다보다 고개를 들었다.

"당신이 강창규야?"

"그렇습니다만."

창규가 대답하자 통지서가 날아왔다.

"선예, 그년 어디 있어? 어디서 감히 이 따위 수작을……."

"일단 앉으시죠."

"선예 어디 있냐고?"

장남은 책상을 두드리며 고함을 질렀다.

"제가 소송대리인을 맡았습니다. 뭐든 제게 말씀하시면 됩니다만."

"소송대리? 무슨 소송대리? 유산상속은 다 끝났는데 무슨 소송이냐고?"

"각자의 주장은 법원에서 다투면 될 일 아닙니까?"

"이봐요. 나 이분 자문 변호사입니다."

장남이 데려온 변호사가 나섰다.

"아, 그러세요?"

창규가 대충 응수했다. 장남은 이미 완전무장에 전투적이다. 상속에 대해서 입도 벙긋하지 못하게 하겠다는 전의가 엿보이고 있었다.

“검색해 보니까 나름 유명세 있는 변호사던데 이건 실수입니다. 여기 보시면 박천택 씨 유산은 여섯 남매가 합의하에 분배를 했습니다.”

변호사가 합의서를 꺼내 보였다.

“여섯이 아니고 다섯이겠죠?”

“박선예도 유산을 받았습니다. 오피스텔 두 채… 본인이 남매간 합의서에 서명도 했고요.”

“그 서명은 기망과 협박에 의한 것이니 무효입니다.”

“뭐야? 기망과 협박? 이봐, 선예 그년은 우리 형제가 아니야. 아버지 사망하기 직전에 치매 아버지 꼬셔서 양녀로 입적된 거라고.”

“그건 고인을 욕되게 하는 말입니다. 쟁점은 법정에서 다투면 될 일이고요.”

“뭐야?”

“목사님, 잠깐 저 좀 볼까요?”

창가로 걸어간 창규가 장남을 불렀다. 어느새 쌍식귀를 출격시켜 부려먹었던 것이다. 이미 끝난 유산상속. 박선예가 가지고 있는 동영상 유언이 있다지만 2% 부족. 게다가 창규에게 남은 시간도 단지 이틀. 그렇기에 이들의 숨통을 조일 결정적 쟁점이 필요한 창규였다.

“그게 말이죠…….”

"윽!"

창규의 속삭임을 듣던 장남이 휘청 흔들렸다.

"변호사는 돌려보내시죠."

창규가 넌지시 눈빛을 보냈다. 기세등등하던 장남의 이마에서 식은땀이 흘러내렸다. 반면 창규는 회심의 미소를 머금고 있었다. 첫 타자로 등장한 장남. 차녀와 더불어 입김도, 돈 욕심도 가장 많은 아들이었다. 그렇기에 기선 제압이 필요한 차에 대박 정보를 리딩한 것이다.

리딩은 소머리국밥 파일에서 나왔다. 성장한 후로 단 한 번의 파일이었다. 돈에 눈이 먼 장남은 아버지가 미웠다. 그래서 아버지가 좋아하는 소머리국밥이라면 거들떠도 보지 않았다. 하지만 리딩 속의 날은 달랐다. 박천택이 정신이 돌아온 날, 유괴를 방불케 할 작전을 펼쳐 집으로 데려왔다. 그리하여 유명 맛집에서 공수해 온 특제 소머리국밥으로 온 가족이 식사를 하며 분위기를 띄웠던 것.

두 차례.

장남은 이런 식으로 박천택을 속여 재산을 우려냈다. 부도 직전에 몰린 아내의 사업체 자금을 아버지의 재산을 빼돌려 막은 것이다. 2회에 걸쳐 빼돌린 재산이 무려 80억 원이었다.

하지만 형제들은 모르고 있었다. 이는 박천택이 정확한 재산 목록을 밝히지 않은 까닭. 장남은 다른 형제들이 잘 모르는 임야를 중개인을 내세워 가로챘던 것이다.

그것 외에 금괴와 귀금속으로도 6억에 가까운 뒷돈을 챙겼다. 그때는 아이들, 즉 박천택의 손녀들을 동원했다. 아이들을 그 무릎에 앉혀놓고 하루 종일 고문에 가까운 질문을 퍼부어댔다. 손녀들의 재롱에 잠시 정신이 돌아온 박천택은 금괴의 소재를 알려주었다.

자택 화장실의 쓰레기 투입구였다. 과거에는 거기로 쓰레기를 버렸던 박천택의 주택. 사용하지 않는 투입구를 고쳐 금괴와 귀중품 보관소로 삼은 박천택이었다. 이런 정보에서는 장남이 훨씬 유리했다. 아무래도 아버지와의 시간이 더 많았던 까닭이었다.

그 비밀스러운 일을 창규가 꼬집어내니 놀라지 않을 재간이 없었다. 날짜와 시간에 장소까지 맞춘 것이다. 뿐만 아니라 보석 중 일부는 현재 장남 집의 금고에 들어 있다는 사실까지도. 동생들이 알면 펄쩍 뛰고 달려들 일. 살짝 고민하는 사이에 다른 두 동생이 들어섰다.

"목사님!"

창규가 슬쩍 힘을 주었다. 장남은 별수 없이 변호사를 내보냈다.

"아니, 이게 대체 무슨 일이래?"

마지막은 차녀의 등장이었다. 온몸에 보석을 휘감은 그녀는 초명품 선글라스를 낀 채 들어섰다. 셋째를 리딩하던 창규가 목표를 옮겼다. 집안 분위기를 주도하는 두 명의 한 사람. 최우선 공략이 필요한 까닭이었다.

'뭐 하나 걸려다오.'

창규의 쌍식귀가 서둘러 발진했다.

[유산]

[아버지 재산]

몇 가지 키워드를 재촉했다.

'나이스.'

식귀1이 식용과 약용에서 대박 정보를 건져냈다. 장남과 비슷한 코스였다. 그러니까 장남 부부가 아버지를 모셔간 두 달 후였다. 이번에는 차녀 부부가 박천택을 모셔갔다. 바람을 쐬게 해드린다는 미명이었다. 집으로 간 차녀 부부는 박천택의 추억을 공략했다. 소머리국밥은 물론이오, 아버지가 어릴 적 개성에서 먹었다는 추어탕과 함께 대동강 숭어 요리를 내놓았다.

차녀는 장남과 유사한 방법, 즉 중개인을 중간에 세워 아버지가 처리한 것처럼 상가를 먹어치웠다. 눈 가리고 아웅 하며 먹어치운 상가 역시 수십 억대였다. 그러나 그 돈은 반년을 가지 못했다. 간에 바람이 든 남편이 무리한 주식 투자를 하다 하한가에서 뺑뺑이를 돌아버린 것.

'오케이.'

창규가 고무되기 시작했다. 회의실에 들어오기 전, 창규는 사무장의 보고를 받았다. 그건 박천택의 생전 재산목록이었다. 박천택 사망 직전의 재산은 총 500억여 원. 그러나 그의 재산은 700억대 이상이었다. 그러니까 다섯 자녀가 번갈아 아버지를 회유해 약 2, 300억대의 재산을 가로채 두었던 것. 말하자면 다른 자녀들도 몰래 재산을 빼먹었다는 뜻이었다.

창규의 짐작은 맞았다. 다섯 형제는 예외도 없었다. 장남의 만행을 눈치로 알게 된 동생들이 자기들만 손해 볼 수 없다는 생각에 다투어 아버지의 곳감을 빼먹어 버린 것. 나아가 그 과정과 방법 또한 불법이었다. 당시 박천택은 치매 진단 이후에 후견인 제도를 고려 중이었다. 후견인은 변호사 등을 선정해 법적 대리를 하게 하는 제도. 치매로 인한 재산 관리 문제로 가족 간의 불화가 발생하는 걸 막을 수 있는 기능 때문이었다.

하지만 이들 다섯 자녀가 반대를 했다. 표면적으로는 자신들이 사이좋게 효도하겠다는 것과 함께 금치산자 등의 결정을 받으면 자식과 손자들의 사회적 체면이 망가진다는 이유를 내세웠다. 이 때문에 박천택은 시기를 놓쳤다. 치매가 진행되면서 금치산자 신청이나 후견인 제도 자체를 망각해 버린 것.

어쨌든 이들 다섯 자녀. 박천택이 운명할 당시 재산 추적을 통해 300억 가까운 재산이 사라진 걸 알았지만 덮어둘 수밖에 없었다. 서로 찔리는 데가 많은 까닭이었다.

재산 빼먹은 날을 메모한 창규가 일어섰다.

"잠시만 실례하겠습니다."

회의실을 나오기 무섭게 안쪽에 소란이 일었다. 다섯이 한꺼번에 성토를 하는 것이다.

"사무장님."

창규는 분주한 사무장 앞으로 걸었다.

"네?"

"상길 씨와 권 변이 아직 병원에 있죠?"

"변호사님 지시가 있을지 몰라 대기시켜 두었어요."

"이 메모에 적힌 기간에 박천택 씨 치매 상태 좀 확인해 달라고 하세요. 지금 즉시."

"알겠습니다."

"동영상 속에 나오는 병원 직원들은 수배가 좀 되었나요?"

"한 분은 권 변호사님이 만나보았는데 신경 쓰지 않아서 들은 게 없다고 하고, 또 한 간병사는 몸이 안 좋아서 대학병원에 정밀 검사 받으러 갔다고……."

"알았습니다. 우선 메모 기간의 치매 상황 체크부터 부탁해 주세요."

창규는 물을 마시며 다음 일을 생각했다. 선예의 말에 의하면 박천택의 치매는 간단하지 않았다. 간혹 제정신일 때도 있었지만 금치산자에 가까운 상태. 그게 입증되면 이들이 몰래 빼돌린 200억대 이상의 재산 편취는 모두 불법이었다.

"변호사님, 상길 씨예요."

골똘한 창규를 사무장이 불렀다. 창규가 바로 전화를 받았다.

"그래? 땡큐."

"아직 못 만난 간병사가 검진 끝나고 귀원 중이라고 합니다. 그 사람만 체크하고 복귀하겠습니다."

"그래. 수고했어."

치사를 하고 팩스를 받았다. 창규가 바라던 내용이었다. 원장의 진단에 의하면 당시 박천택은 중증 치매였다. 환청에 환시, 망상과 의심 등의 상태로 보아 정상적인 사회 활동과 판단이 불가능하다는 소견이 나온 것이다.

'오케이.'

세 번째 전리품을 확보한 창규가 아이템을 나열해 보았다.

1) 박선예에게서 얻은 2% 부족한 동영상 유언장.

2) 다섯 자녀 모두의 크고 작은 재산 불법 편취.

3) 그 재산 편취의 불법성을 증명해 줄 박천택의 치매 상태.

퍼펙트하지는 않지만 한번 몰아쳐 볼 무게 정도는 되었다.

다시 회의실로 돌아온 창규가 다섯 남매 앞에 섰다.

“상속재산 반환에 대해서 반론이 많으신데 실은 박선예 씨가 결정적인 동영상 유언을 가지고 있습니다. 나아가 저는 박천택 씨 생전에 이런 상담을 받은지라 소 제기를 통보하기에 이른 것입니다. 이유는 고인의 뜻 때문입니다. 그분은 자식들과 법정에서 재산 다툼이 있기를 원치 않았습니다. 그렇기에 치매 이후에 더러 제정신이 돌아와도 제게 후견인 신청을 하지 않았던 겁니다.”

“동영상 유언?”

첫 반응은 장남에게서 나왔다. 차녀의 반응도 까칠하기는 다르지 않았다.

“하지만 그분의 유지는 여기 다섯 분들도 잘 알고 계십니다. 고인의 재산은 모두 박선예 양에게 주려 했다는 거.”

“변호사 양반, 똑바로 알고 말하시오. 우리 아버지 생각은 우리가 잘 압니다. 선예 그것은 지 엄마랑 대를 이어 우리 재산을 노리고 온 거라고요. 다 그년이 지어낸 말이에요.”

“맞아요. 그 애는 우리 남매가 아닙니다.”

둘째 아들이 반발하자 다른 남매들도 각을 세우며 나왔다. 원래는 우애가 없는 남매들. 재산을 방어하는 일에는 손발이

척척 맞고 있었다.

"동영상을 보시죠."

창규가 노트북 화면을 틀었다. 박선예가 찍은 동영상이 흘러나왔다. 유언은 문제가 없었다. 보통 사람이 보면 의심할 여지없는 화면이었다. 하지만 차녀가 바로 딴죽을 걸었다.

"그건 유언이 아니에요. 증인에 관한 사항이 없잖아요? 누굴 바보로 알아요?"

"증인?"

막내아들이 차녀를 돌아보았다.

"녹음도 유언 인정이 되기는 하지만 형식이 필요하거든. 보나마나 어린 선예 년이 중국에 있는 떨거지들한테 훈수받아서 만든 모양인데 하늘은 우리 편이야. 저거 법정 가면 100% 유언장 인정 못 받아."

차녀는 기세는 하늘을 찌르고도 남았다.

"그건 장담할 수 없습니다. 차녀분 말대로 형식의 하나가 빠졌지만 다른 것은 유효합니다. 즉 기타 증거에 따라서 인정될 수 있다는 게 제 법리적 소견입니다만."

창규가 슬쩍 혼란의 씨를 뿌렸다.

"기타 증거?"

그 말을 장남이 받았다.

"바로 이겁니다."

창규가 서류를 한 장씩 나눠주었다. 그걸 받아든 남매들이 뜨끔하는 게 보였다. 서류는 그들 각자가 박천택에게서 몰래 빼먹은 재산이었다. 남매들은 각자 재빨리 서류를 엎어놓았다.

"남매 분들의 우애에 대해서는 언급하지 않겠습니다. 하지만 여러분이 각자 고인의 재산을 편취한 그때, 고인은 자의적 의사 결정을 할 수 없는 심신상실 상태였습니다. 여기 여러분들이 거사를 벌인 날의 병원 진료 기록과 전문의인 원장의 소견입니다. 고인은 명백한 중증 치매 상태였습니다."

창규가 또 한 장의 서류를 돌리자 다섯 남매의 안면 근육이 일그러졌다. 하지만 이번에도 차녀가 반격의 포문을 열었다.

"다른 사람은 몰라도 아버지가 우리 집에 온 날은 치매가 아니었어요. 게다가 법적으로 금치산 판정을 받은 것도 아니죠. 의사의 소견이 있다지만 법적 구속력은 없을걸요?"

"우리 집에 온 날도 멀쩡하셨어."

"누군. 우리 집에 온 날은 애들 동화책도 읽어주셨거든."

남매들이 득달같이 가세했다. 자신의 유불리에 따라 이합집산을 자유자재로 하는 남매들이었다.

'안 되겠군.'

창규가 공략 방향을 바꾸었다. 남매들이 엎어둔 자료를 집어 바꾸어 돌린 것이다.

"엉?"

"뭐야?"

"80억?"

순식간에 회의실 공기가 끓어올랐다. 서로가 해먹은 액수를 모르던 남매들. 다른 사람이 더 해먹은 걸 보자 눈알이 뒤집혔다.

"형, 이럴 수가 있어? 80억이나? 진짜 양심 없네."

차남이 장남에게 핏대를 올렸다.

"그러는 너는? 32억? 처갓집에서 밀어줬다더니 아버지가 처갓집이냐?"

"누나도 50억이야? 추어탕에 대동강 숭어 요리로? 오호라, 추어탕과 숭어 요리 잘하는 데 없냐고 묻더니 이러려고 그랬던 거였군."

"그러는 너는? 뭐? 하느님께 맹세코 한 푼도 손 안 댔다고? 16억은 작은 돈이냐?"

테이블 위로 서류가 날아다녔다. 그야말로 개판 오 분 전의 재현이었다.

"그만하세요!"

결국 창규가 상황 정리에 들어갔다.

"이 두 가지 사안에 여러분들의 불효까지 더하면 법원도 박선에 편을 들 겁니다. 고인의 마지막 시간을 빠짐없이 지켜준

건 박선예 씨가 유일하니까요."

"무슨 헛소리야? 병원비를 누가 댔는데?"

다시 차녀가 각을 세우고 나왔다. 아차 싶었다. 병원비. 그걸 간과했던 것이다. 사실 박천택의 재산으로 미루어 요양병원비는 껌도 아니었다. 하지만 다섯 남매는 머리가 좋았다. 꼴랑 120~150만 원 정도하는 돈이기에 N분의 1로 나눠 송금을 한 것. 마음으로 찾아간 적은 한 번도 없지만 병원비는 밀리지 않고 내준 상황. 법정으로 간다고 해도 창규 말이 100% 먹힐 수 없는 이유였다.

바로 그때 차녀가 창규의 아킬레스건을 잡아당겼다.

"그건 그렇고 당신 말이야, 자꾸 우리 아버지 팔아먹는데 우리 아버지랑 계약한 계약서라도 있어? 있으면 좀 봅시다."

"오, 그러고 보니 그렇네? 선예 년 소송은 소송이고 거 확인 좀 합시다. 요즘 온갖 사건에 침 바르고 돈 뜯어먹는 변레기들이 한둘이어야지."

득달같이 가세하는 장남.

"변레기?"

막내아들이 묻자 바로 면박이 날아갔다.

"야, 너는 대학교수라는 놈이 변레기도 몰라? 기레기, 변레기!"

장남은 다시 창규를 겨누었다. 궁지에 몰린 다른 남매들도 각을 세우고 가세했다. 벌떼 공격은 무서웠다. 숫자를 믿고 폭주하니 제어가 쉽지 않았다. 그러나 상담일지나 계약서 같은 게 있을 리 없는 창규.

'이렇게 되면 마지막 카드……'

창규가 거친 숨을 골랐다. 다섯 남매들은 양심의 거리낌 같은 것조차 없었다. 게다가 유산상속에 골몰하면서 기본적인 법 지식과 함께 법을 악용해 온 사람들. 정식 소송을 걸 시간조차 없는 창규였으니 최후의 몰아치기로 승부를 보는 수밖에 없었다.

첫 타겟은 차녀로 삼았다. 기업을 경영하는 이 여자는 두 가지 범법 행위를 하고 있었다. 외환관리법과 함께 배임과 횡령. 그 액수가 컸으니 기를 꺾는 한편 협상의 카드로 쓸 만했다.

"박지예 씨. 그렇다면 제가 그거보다 더 결정적인 걸 알려드리죠."

"더 결정적?"

차녀가 미간을 찡그렸다. 그때 노크 소리가 들렸다. 사무장이었다.

"변호사님……"

안으로 들어선 사무장이 귀엣말을 속삭였다. 순간 경직되었던 창규 얼굴이 활짝 펴졌다. 낭보를 가져온 사무장이었다.

"여러분!"

사무장에게 USB를 넘겨 받은 창규가 가슴을 펴며 말문을 열었다.

"사실 이 옆방에 박선예 씨가 있습니다."

"뭐야? 선예 그년이?"

"그년 당장 데려와. 그 사기꾼 같은 년!"

다섯 남매는 격하게 반응했다.

"일단 이걸 본 후에 말씀하시죠."

창규가 USB를 들어 보였다.

"그게 뭔데?"

어느새 반말 분위기로 달리고 있는 다섯 남매들. 묻는 목소리의 주인공은 차녀였다.

"고인의 정식 유언입니다."

"정식 유언?"

"고인께서는 여러분들에게 화해의 기회를 주고 싶어 했습니다. 그래서 조금 부족한 유언과 상황을 제시하며 자발적 협조를 기대했지만 뜻대로 되지 않았습니다. 따라서 정식 유언을 보여 드리니 법률적 지식과 상식을 갖춘 여러분이 감상하신 후에 현명한 결정을 내려주길 기대합니다."

"개소리 말고 보여주기나 해."

차남의 고함을 들으며 창규가 파일을 열었다. 화면에 박천택이 나왔다. 병실이었다. 선예는 보이지 않았다.

—시작?

박천택이 물었다.

—네.

대답하는 목소리의 주인공은 간병사였다. 다섯 남매의 시선은 약점이라도 찾아내려는 듯 화면에 집중되어 있었다.

—잘되려나?

박천택이 메모를 꺼내며 중얼거렸다. 그리고… 유언이 시작되었다. 이번에는 제대로였다. 유언하려는 목적, 박천택이라는 이름도 두 번이나 반복, 탁상용 달력을 보며 녹음 연월일을 말했고 간병사의 이름과 유언의 내용 확인까지 이어졌다.

—끝?

그 말을 끝으로 박천택은 '연습'을 끝냈다.

그랬다.

그건 연습이었다. 어쩌다 제정신이 돌아오면 유산상속을 생각하던 박천택. 선예가 없는 동안 간병사를 붙잡고 연습을 했던 것이다. 그 연습이 기가 막히게도 형식을 갖춘 것이다. 당시 간병사는 그저 친절의 일환으로 연습을 도왔다. 하지만 이후에 위염이 심해지면서 몇 주 간병을 쉬었던 것. 그사이에 박천택은 죽었고 위염으로 고생했던 간병사도 동영상을 잊고 있었다.

그걸 건진 게 일범과 상길이었다. 아버지가 사경을 헤맬 때 병원 주변 여기저기서 수군거리던 다섯 남매 부부들. 그 곁을 스쳐 가던 두 간병사를 끝까지 체크해 개가를 올린 것이다.

"박지예 사장님."

동영상의 끝 무렵에 창규가 차녀를 호명했다.

"……."

"아까 보니까 유언의 형식에 대해 빠삭하시던데 이번 것은 어떻습니까? 제 생각에는 녹음유언으로써 완벽한 형식을 갖추었다고 봅니다만……."

"말도 안 돼… 조작이야, 조작……."

차녀가 고개를 저었다.

"조작을 하신 건 여기 다섯 분들입니다. 치매에 걸린 고인을 매번 데려가 기망을 한 셈이니까요. 저는 이 동영상을 찍은 간병사님의 증언을 확보했고, 재판정 증인으로도 신청할 생각입니다만……."

"……."

"여러분의 고매한 인품을 고려해 여기서만 공개합니다만 이 증인은 천륜을 어기는 말까지도 들으셨더군요. 특히 장남이신 목사님과 차녀이신 사장님 부부의……."

"이봐요!"

차녀가 악을 썼다.

"바로 이 부분들 같습니다. 말은 나오지 않지만 입 모양을 분석하면 알 수 있지요. 제 입으로 담기 민망하니 글자로 보여 드리죠."

창규가 노트북 자판을 두드렸다. 그걸 본 장남과 차녀는 그 자리에서 주저앉았다. 음료 캔을 마시며 병상의 아버지를 성토하는 화면. 박천택을 쓰레기처럼 발언하는 자식들. 식귀를 통해 읽어낸 걸 가감 없이 보여주었으니 뒤집히지 않을 재간이 없었다.

'으억!'

장남과 차녀, 차마 비명을 내지 못하고 고개만 저었다.

"이제 이 유언장에 의거 박선예 양의 소송대리로서, 박천택 님의 대리인으로서, 정식으로 요청합니다. 여러분이 자의로 분배한 고인의 '사망 당시' 재산을 모두 반환하시길 바랍니다."

창규의 집행이 시작되었다.

쾅!

다섯 남매의 이마에 마른벼락이 스쳐 갔다.

"으어어."

눈알 뒤틀리는 남매들의 입에서 비명 같은 신음이 새어나왔다.

"다만 여기 박선예 양의 한 가지 제안이 있으니 변호인으로서 하는 수 없이 공개합니다."

'제안?'

돈독 오른 남매들이 고개를 들었다.

"박선예 양은 애당초 재산에 욕심이 없었습니다. 그건 여러분도 잘 알고 있습니다. 그러나 고인의 유지이기에 받아들여야 하는 상황입니다. 그래서 착한 박선예 양은 여러분이 편취한 상속액의 절반만 반환받기를 원하고 있습니다. 그 정도면 고인의 유지를 받드는 상징성을 갖추는 한편 여러분에게 고인의 뜻을 주지시키는 계기가 될 것으로 판단하는 까닭입니다."

반액.

창규가 의도하던 50을 얻기 위한 100의 제시. 그것으로 바짝 조여놓았던 숨통을 살짝 열어놓았다. 돈 귀신의 마지노선을 떡밥으로 띄운 것이다. 이는 박선예와 상의한 전략이기도 했다.

"선택을 하십시오. 이 뜻을 따르지 않는다면 바로 소송 제기를 할 것입니다. 본인 생각입니다만 만약 이 소송이 제기되면 다섯 분은 재산 반환은 물론이고 여러분이 누리는 명예와 사회적 지위도 온전치 못할 것으로 사료됩니다. 왜냐하면 사건 자체가 언론이 좋아할 성격이라 일파만파로 이슈가 될 테니까요."

쾅!

다섯 남매 머리 위로 마른벼락이 한 번 더 지글거렸다.

"법정으로 갈까요? 이 자리에서 끝낼까요?"

창규의 카리스마가 다섯 남매를 겨누었다. 조금 전까지만 해도 약 오른 숭어처럼 펄떡거리던 남매들, 이제는 소금 절인 배춧잎처럼 늘어져 정신을 차리지 못하고 있었다.

"법정입니까?"

"아, 아닙니다. 나는 토해낼게요."

차녀가 먼저 항복을 했다.

"말도 안 되는 일이지만 나도……."

장남은 끝까지 허세를 부리지만 갈기는 내렸다. 둘의 결정이 신호였다. 대세에 밀린 세 남매도 백기를 들고 말았다.

"그럼 이 자리에서 절반의 반환각서를 쓰시고 총액의 10% 이상을 입금하십시오. 나머지는 2주 안에 입금을 바랍니다. 그렇게 조치하시면 정식 소송은 제기하지 않겠습니다."

창규의 말과 함께 사무장이 서류를 돌렸다.

"아래의 여백에 제 말을 자필로 적으신 후에 사인을 하시기 바랍니다. 이 건으로 박선예 양에게 질책이나 비난, 위협, 협박을 할 경우 불법적으로 편취한 상속액 전액을 반환한 것을 서약한다. 이 경우의 상속액은 아까 보여 드린 사망 이전의 편취액까지 더한 것으로 한다. 아울러 각자의 이름으로 각 1억씩 사회 기부금을 낸다. 이는 선친의 유지를 받든다는 증표의 일환이니 이의 없으실 것으로 봅니다."

"……."

남매들은 찢어질 듯한 침묵을 지켰다. 각 1억의 기부는 창규의 생각이었다. 박천택의 생각. 그의 뜻은 사실 돈보다 자식이라고 생각되었다. 원래는 자식들에게 애정이 많았던 사람. 자식들이 돈에 눈이 멀었기 때문에 멀어진 것이다. 그런 그들에게 아버지의 돈을 뜻있게 쓸 수 있는 기회를 안겨줘 돈의 가치를 깨닫게 하고 싶었다. 자식들의 개과천선. 그거야말로 박천택이 꿈꾸는 최고의 바람이 아니었을까?

"그리고 제 수임료는 각자 3,000만 원씩 당장 입금입니다. 선예 양에게는 받지 않았으니 여러분께서 지불해 주셔야겠습니다. 그런 법 상식 정도는 알고 계시겠죠?"

창규는 말미에 마지막 쐐기포 하나를 덧붙였다.

3,000만 원.

그 돈 먹어 부자될 생각은 아니었다. 박천택에게 받은 수임료도 있었다. 하지만 소 제기의 형식상으로도 필요했다. 이들은 실질적 패소자들. 그렇다면 소송 비용을 부담하는 게 억울할 리 없었다. 돈은 박선예의 이름으로 심장병 어린이 수술비로 쓰면 그만이었다.

"……!"

황당해하던 다섯 남매들은 눈물을 머금고 창규 말을 수용했다. 그런 다음 한숨과 함께 사인을 남겼다.

"고맙습니다."

'후우.'

인사말을 남긴 창규가 셔츠 속의 목을 어루만졌다. 일생일대의 수임을 끝낸 것이다. 남매들은 각각 인터넷뱅킹을 하느라 똥줄이 탔다. 슬쩍 창가로 나온 창규가 주먹을 그러쥐었다.

위기 탈출에 따라올 전화위복.

이제는 보너스를 챙길 순간이었다. 혼귀왕들이 약속한 4 하나 면해주기…….

'4 하나란 말이지?'

창규는 벌어지는 입을 다물지 못했다.

9. 4 하나의 묘수

탁!

창규가 사무실 불을 켰다. 사무장과 일범 등의 직원들은 뒤풀이 장소로 먼저 보내놓았다. 그런 다음 창규는 돈 귀신의 수임료를 찾아오는 중이었다.

창규가 가방을 열었다. 안에는 보자기로 싼 금덩이가 들어 있었다. 보자기를 풀자 황금이 드러났다. 금괴는 모두 다섯 개. 돈 귀신의 말처럼 시가 3억을 넘는 대박이었다. 금괴는 돈 귀신이 말한 자리에 있었다. 매물로 나온 교외의 낡은 집. 그 마당의 붉은 벽돌 담장 아래에서 찾아낸 창규였다. 얽히고설

킨 등나무 뿌리 때문에 땅을 파기 힘들었지만 대가를 받는 일이었기에 기꺼이 행했다.

후우.

숨을 돌리고 두둑을 꺼냈다. 이제 소송 마무리를 할 단계였다.

후웅두우웅.

두둑을 불었다. 돈 귀신이 먼저 모습을 드러냈다.

"변호사아."

돈 귀신의 목소리가 메아리처럼 늘어졌다.

"수임 완료 했습니다."

창규가 계약서를 내놓았다. 돈 귀신의 다섯 자식들이 두고 간 계약서였다. 할 일을 다 했으니 전처럼 두렵지 않았다.

"고맙다. 내가 생각지 못한 것까지 챙겨주다니……."

돈 귀신의 목소리는 부드러웠다. 자기 이름으로 1억씩 쾌척하라는 옵션을 알고 있는 눈치였다.

"변호사라는 게 단순히 소송만 하는 게 아니거든요. 마음 속 응어리를 풀 수 있다면 그게 바로 소송의 진정한 소득이지요."

"그래. 그로 인해 그놈들이 돈의 가치를 생각할 수 있다면 바랄 게 없는 일이지."

"잘될 겁니다. 당신 아들 딸들이니……."

"과연 전문직답구나."

"……."

"내 이제야 변호사 덕분에 마음 놓고 저승으로 갈 수 있게 되었다."

"제게 준다고 하던 수임료도 잘 찾아왔습니다."

"변호사야말로 그걸 가질 자격이 있다. 지상의 한을 풀었으니 나는 이제 가야겠다."

돈 귀신의 형체가 흔들리기 시작했다.

"잠깐만요."

창규가 그를 막았다.

"무슨 일로? 그대가 나를 그리 달가워하지 않는 걸 알거늘."

"그래도 고객입니다. 일단 계약을 한 이상 최선을 다하는 게 기본이지요."

"바람직한 가치관이구나."

"그러니 가시기 전에 계약 사항을 체크해 주시면 고맙겠습니다."

"계약? 수임료로 약속한 금덩이는 찾아왔다지 않았느냐?"

"맞습니다. 다만 혼귀왕들과의 약속까지 지켜보고 가주시기 바랍니다."

"그 생전과 사후 내내 홀아비 홀어미로 사위어가는 자들 말이냐?"

"계약을 하실 때 그분들 조항도 들어 있었습니다. 한번 살펴봐 주시길 부탁드립니다."

"그랬나? 어디 보자……."

돈 귀신이 계약서를 꺼내 들었다.

"여기 있구나. 혼귀국과 체결된 의무소송건수 444에서 4 하나를 면해준다?"

"맞습니다."

"알았다. 변호사가 최선을 다했으니 나도 협조하마. 그자들을 불러서 마무리하거라."

"예."

창규가 다시 두둑을 불었다. 혼귀왕들은 주섬주섬 모습을 드러냈다.

"역시 변호사……."

몽달천황이 박수를 쳤다. 왕신여제도 그 뒤를 따랐다.

"보시다시피 이분의 수임을 완료했습니다. 그러니 두 분도 약속을 엄수해 주시기 바랍니다."

창규가 두 혼귀왕을 바라보았다.

"우리 약속이 뭐였죠?"

몽달천황이 왕신여제를 바라보았다.

"444건에서 4건을 빼달라는 거였잖아요."

"그렇군요. 444건에서 뒤의 4건을 빼고 440건. 되었느냐?"

몽달천황이 창규 쪽으로 시선을 돌렸다.

"아니, 계산이 잘못되었습니다."

"잘못 되다니? 4 하나를 빼주기로 한 것 아니었느냐?"

"계약서 조항을 보시죠."

창규가 문제의 계약서를 내밀었다.

"혼귀국과 체결된 의무소송에서 4 하나를 면해준다, 틀림이 없지 않으냐? 설마하니 우리 몰래 또 다른 꼼수 조항을 삽입한 건 아니겠지?"

"아닙니다. 하지만 해석이 잘못되었습니다."

"해석 잘못?"

"애당초 혼귀국에서 제게 정한 의무 수임 횟수는 444건이었습니다. 그렇죠?"

창규는 벽의 화이트 보드 쪽으로 걸었다. 그런 다음 그 위에 444라고 적었다.

"여기서 4 하나를 면하면……."

창규 손이 4 하나를 지웠다. 그러자 보드에 남은 건 44뿐이었다.

"뭐라? 444건에서 4건을 면하면 444−4=440이 되어야지 숫자를 지우면 어쩌자는 것이냐?"

"아닙니다. 문구를 잘 보시기 바랍니다. 444에서 4 하나를 면해준다 아니었습니까? 돈 귀신님도 분명 들으셨지요?"

창규가 돈 귀신을 바라보았다.

"분명 들었다."

"그렇다면 나란히 서 있는 4에서 하나를 없애는 게 당연하지 않습니까?"

"이보시게. 지금 그런 계산법이… 윽!"

발끈하던 몽달천황이 밀려났다. 돈 귀신의 서슬 때문이었다.

"저는 목숨을 걸고 약속을 지켰습니다. 그런데 존귀하신 혼귀왕님들께서 계약을 외면하시는 겁니까? 두 분께서 몸소 사인까지 하시고서."

"……."

창규의 말에 혼귀왕들은 할 말을 잃고 말았다. 444에서 4 하나를 면한다. 궤변이지만 말은 되었다. 또 한 번 창규의 옵션에 발목을 잡히는 혼귀들이었다.

"두 분께서 부득 아니라고 하신다면 수용할 수밖에 없겠지만 돈 귀신께서는 약속한 금괴를 바로 내주셨습니다. 그렇다면 그 금괴도 돌려 드려야 할까요? 세 분은 공동으로 계약 서명을 했으니 누군 지키고 누군 지키지 않는다면 불평등한 계약입니다."

창규가 돈 귀신과 혼귀왕들을 번갈아 돌아보았다. 혼귀왕들은 미치고 팔짝 뛸 지경이었다. 돈 귀신을 걸고 넘어지니 더욱 그랬다.

"약속은 지켜야지. 내 계약서에 보증인으로 사인을 하고 지키지 않으다면 내 계약에 하자가 생기는 것 아닌가? 그럼 우리 선예의 재산 환수에 문제가 생길지도 몰라."

이미 창규 쪽으로 기운 돈 귀신이 콧김을 뿜었다.

"알, 알았습니다. 지키지요. 공동 책임이라니……."

몽달천황은 별수 없이 두 손을 들었다.

"보아하니 기분이 상하신 것 같으니 후환이 두려워 받지 못하겠습니다."

창규가 슬쩍 고개를 저었다.

"아니라니까. 4 하나를 떼어내고 44건으로 하세나. 절대 후환 같은 거 없을 터이니. 내 약속하네."

"그럼 송구하지만 확인서를 하나……."

"확인서?"

"후환이 없을 거라는 증서 말입니다. 요즘은 계약서가 없으면 서로 곤란해지는 일이 많은 세상이라……."

"……!"

혼귀왕들은 결국 확인서에 서명을 하게 되었다. 창규는 안전 장치를 받아 들고서야 겨우 마음을 놓았다.

"다시 한번 고맙구나, 변호사."

돈 귀신이 먼저 떠나갔다. 그러자 두 혼귀왕도 불편한 헛기

침을 남기고 사라졌다.

4의 면제.

이렇게 되면 남은 의무 수임은 고작 몇 건 되지 않았다. 혼귀들이 사라진 걸 확인한 창규가 두 주먹을 불끈 쥐고 감격의 포효를 터뜨렸다.

"끄아아!"

의무수임만 끝나면 갖게 되는 쌍식귀 무제한 사용권. 그렇다면 어떤 수임을 맡아도 겁날 게 없을 창규. 마침내 제약의 굴레를 벗어날 날이 코앞으로 다가온 것이다.

'오케이, 이제 가서 시원하게 한잔 마셔볼까?'

금괴를 챙기고 돌아설 때였다. 창규 전화가 요란하게 울렸다. 발신자는 상생병원 한 원장이었다.

—강 변호사님.

"어, 원장님."

—바쁘세요?

"예? 뭐 조금요. 왜 그러시죠?"

—죄송하지만 지금 저희 병원으로 좀 오실 수 있습니까?

"지금요?"

—아주 중요한 일이라서요.

"……."

—부탁합니다. 잠깐이라도…….

—알겠습니다. 잠깐 들르죠.

전화는 그렇게 끝났다. 일단 사무장에게 전화를 넣고 차에 올랐다. 뒤풀이 장소에 늦겠지만 거절할 수 없는 사람. 잠깐 들렀다 가는 수밖에 없었다.

가는 길에 순비에게 전화를 했다. 오늘은 이래저래 일찍 들어가고 싶은 날. 하지만 공사다망하니 뜻대로 되지 않았다.

그런데…….

순비가 전화를 받지 않았다. 두 번, 세 번… 그래도 응답이 없었다. 별수 없이 문자를 남기고 차량 속도를 올렸다.

"강 변호사님."

병원에 도착하자 한윤기가 손을 들어 보였다. 그는 수술복 차림 그대로였다.

"심장병 어린이 수술하신 겁니까?"

창규가 물었다.

"수술은 맞습니다."

"어느 나라 아이들이죠?"

"우리나라요."

한윤기가 웃었다.

"웬만한 건 원장님이 알아서 하시면 될 것을……."

"이게 웬만한 게 아니라서 말입니다."

"그래요?"

“이리 오시죠. 심장 차곡차곡 눌러두시고요.”

한윤기가 앞서 걸었다. 대체 누굴 수술했길래 이러는 걸까? 가난한 나라의 공주라도 되는 걸까? 창규는 고개를 갸웃거리며 그 뒤를 따랐다.

“여깁니다.”

“……?”

“들어가 보세요.”

회복실 앞에서 한윤기가 창규 등을 밀었다.

딸깍!

떠밀리듯 들어선 창규의 눈이 휘둥그레졌다. 안에는 침대가 둘이었다. 하지만 성인 침대였다. 심장병 어린이 수술이 아닌 것이다.

“원장님?”

“글쎄 들어가 보시라니까요.”

주저하는 창규의 등을 마저 밀어버리는 한윤기. 침대 앞까지 다가선 창규는 눈을 의심했다. 침대에 매달린 환자 태그. 거기 쓰인 이름은…….

“순… 비?”

이름을 확인한 창규 뇌리에 충격파가 스쳐 갔다. 신장이 좋지 않던 순비. 마침내 그날이 온 것인가? 신장을 적출해야 하는? 바로 그때, 순비 목소리가 가물가물 귓전을 스쳐 갔다.

"여보……."

"순비……."

창규가 고개를 들었다. 그런데… 순비의 얼굴은 나쁘지 않았다. 해쓱하지만 혈색이 창창한 표정이 아닌가?

"여보……."

창규가 침대맡으로 다가섰다.

"어떻게 된 거야?"

"저분이……."

순비 손이 반대편의 침대를 가리켰다. 그걸 돌아보는 순간, 창규 뇌리에 벼락 같은 충격이 스쳐 갔다. 침대에 누워 있는 사람은 고순희였다. 교통사고 후유증으로 소송을 해주었던 양명화의 어머니. 해쓱한 그녀의 미소와 함께 순비의 목소리가 이어졌다.

"그분이 제게 신장을 주셨어요."

"……?"

쾅!

창규 머리에 천둥이 일었다.

"제게 신장을… 당신에게 받은 은혜를 갚겠다고……."

빠작!

번개도 지나갔다.

"당신 지금 뭐라고 했어?"

"신장을……."

순비는 차마 더 말하지 못하고 눈물을 쏟았다.

"신장?"

창규의 시선이 한윤기에게 넘어갔다.

"맞습니다. 명화가 치료받을 때 저분이 찾아오셨어요. 강 변호사님 사모님 병을 궁금해하더군요. 그래서 말씀드렸더니 신장을 주고 싶다고 해요. 저는 반대했지만 워낙 의사가 강했습니다. 저분 오빠가 아버지에게 신장을 준 사례가 있다고 하더군요. 지금은 두 분 다 생존하지 않지만 오빠가 아무렇지도 않은 걸 봤대요. 오빠가 죽은 건 교통사고였다고……."

"그게……."

"검사를 했더니 적합성에 딱 들어맞았습니다. 나머지는 저분께 들으세요. 저는 어쩔 수가 없었습니다."

한윤기가 고순희를 가리켰다.

"아주머니……."

고순희 앞에 선 창규 목소리가 떨렸다.

"변호사님……."

"왜 이런 무리를……."

"무리 아니에요. 덕분에 명화도 이제 안 아프고 저도 무릎이 좋아졌어요. 짐승도 은혜를 갚는다는데 하물며 인간이……."

"은혜가 아닙니다. 제게 수임료를 주셨잖아요?"

"변호사님이 받아준 돈 전부를 드려도 저는 모자란다고 생각합니다. 명화가 아프지 않게 잠들고, 학교 가는 모습을 보면 내 목숨을 내드려도 아깝지 않아요. 그런데 그까짓 콩팥 하나가 대수겠어요."

"아주머니……."

"강 변호사님께 도움이 되어서 정말 행복해요. 우리 명화도 좋아했어요. 이번에 안 되면 자기 콩팥이라도 떼어주겠다고……."

"아주머니… 이러시면……."

창규가 무너졌다. 천만금보다도 값진 신장. 그걸 아무런 조건 없이 꺼내준 고순희. 창규는 그 손을 잡고 꺼억꺼억 울었다.

그때 창규 어깨를 건드리는 손길이 있었다.

톡톡.

창규가 가만히 고개를 돌렸다.

"……!"

창규 시선이 또 한 번 격하게 멈췄다. 명화였다. 그 옆에는 창규의 희망 덩어리 승하도 있었다. 둘은 미리 약속이라도 한 듯 나란히 서서 꽃을 내밀었다.

"고맙습니다. 그리고 축하합니다, 변호사님."

명화가 웃었다. 그 눈에도 눈물이 출렁거렸다.

"아빠!"

승하는 울먹이며 품에 안겨왔다.

"명화야."

창규가 명화를 바라보았다.

"우리 엄마 걱정은 마세요. 엄마 신장에 문제가 생기면 제 걸 주면 되니까요."

"명화야……."

창규는 남은 손으로 명화를 당겼다. 창규 품에 안긴 명화가 귓전에 속삭였다.

"이 꽃 아줌마 드리려고 준비한 거예요."

명화의 손이 순비를 가리켰다. 겨우 마음을 추스른 창규가 두 아이를 놓고 일어섰다.

"순비……."

"여보……."

"미안, 내가 할 일을 다른 사람에게 떠넘겨서……."

"아뇨. 당신은 열 번이라도 신장을 주고 싶었지만 부적합이었잖아요."

"그러니 내가 못난 인간이지. 지 마누라에게 신장도 못 주는 주제라니……."

"여보……."

"축하해."

창규가 꽃을 내밀었다.

"고마워요. 나는 당신이 너무 자랑스러워요."

꽃을 받은 순비의 눈에도 눈물이 고였다.

—축하하네.

여기저기서 축하 전화가 빗발쳤다. 이재명 부장판사를 시작으로 민선욱 등의 전화까지 이어졌다. 스승인 황태숭도 연락을 해왔고 도병찬 기자도 꽃다발을 보내주었다. 특히 조일산은 병원까지 찾아와 주었다. 바쁜 와중에도 축하를 보내주는 그들이 너무 고마운 창규였다.

그 눈물을 따라 따뜻한 박수가 녹아들었다. 어린 승하와 양명화의 박수였다.

짝짝짝!

순비의 새 삶을 축하하는 박수.

혼귀왕들의 옵션을 뚝 떼어낸 것 못지않게 기쁜 일. 그렇기에 창규는 이 순간, 지상에서 가장 행복한 눈물을 흘렸다.

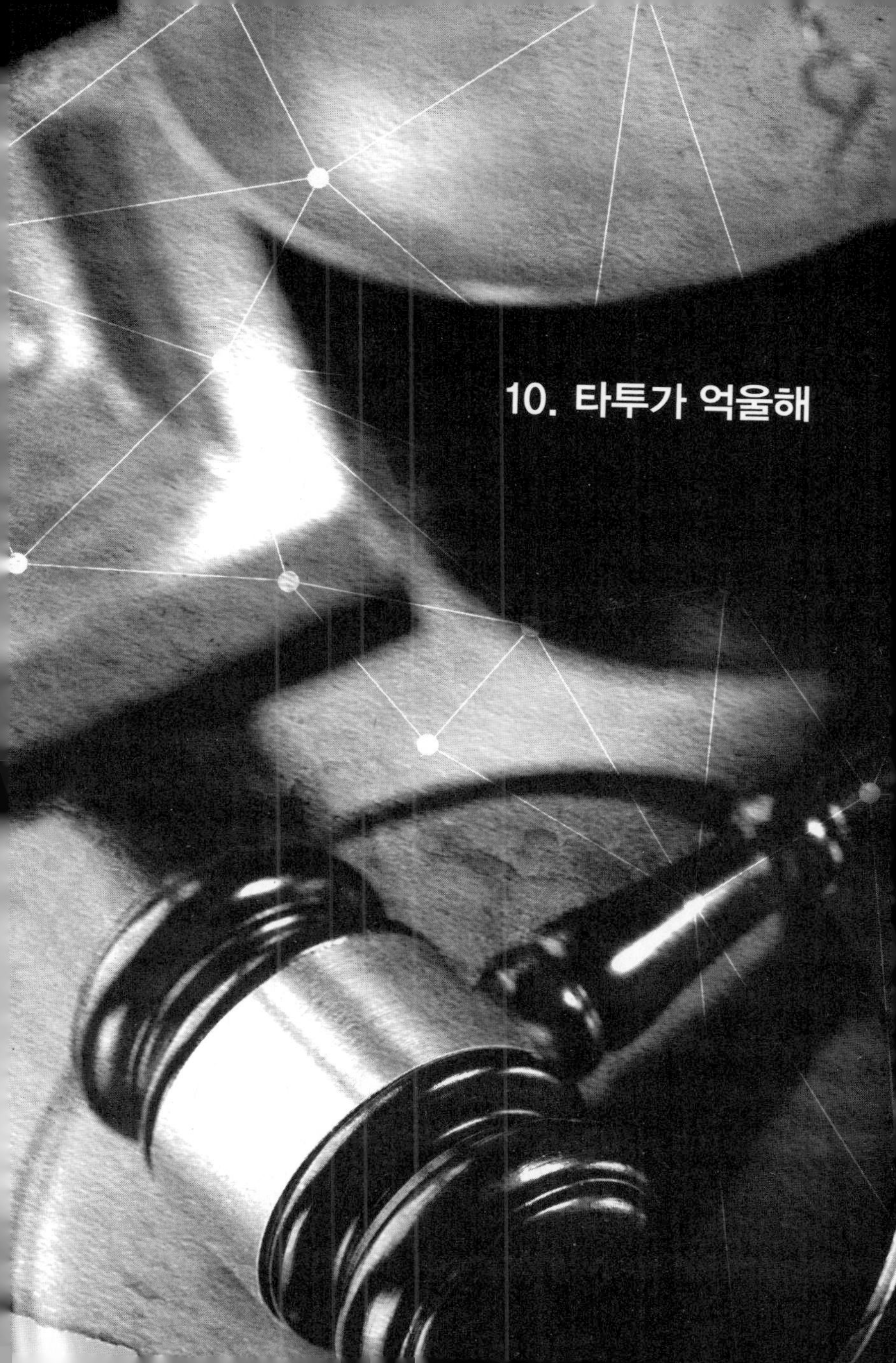

10. 타투가 억울해

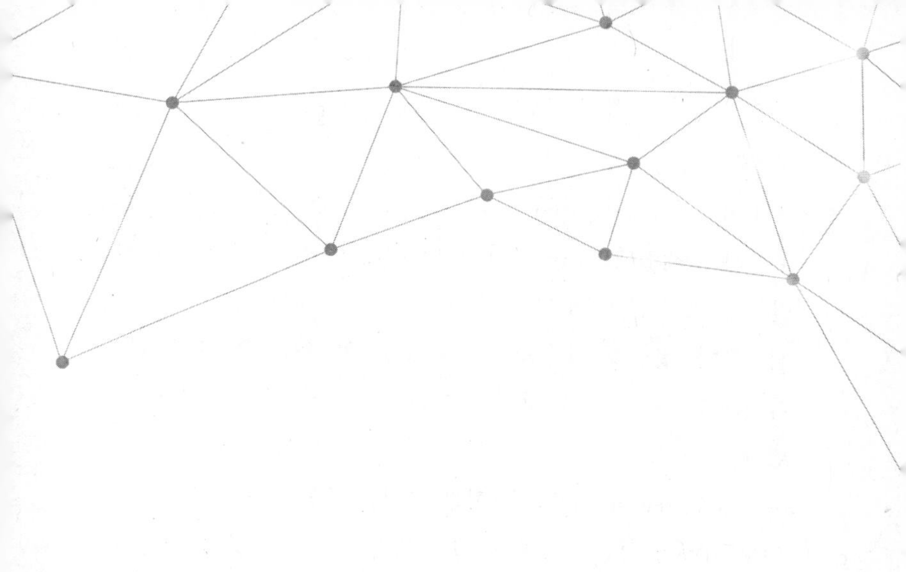

창규는 눈코 뜰 새가 없었다. 혼귀국의 수임이 한 번에 몰린 까닭이었다. 혼귀왕들이 화라도 난 것인지 무려 3건을 몰아준 적도 있었다. 만혼의 성직자 부부가 그랬고 메이저 리그에 진출한 특급 선수 부부가 그랬다.

마지막 한 건을 앞두고 43번째로 떨어진 오더는 여대의 여자총장 부부였다.

화목과 부부애를 강조하던 이덕순 총장. 그녀 역시 쇼윈도 부부였다. 남편은 국회의원. 서로의 사회적 입지를 위해 만인 앞에서 원앙처럼 웃었지만 실상은 서로 노래기 보듯 하는 부부였다.

국회의원이 유럽 외유를 나간 통에 시간이 걸렸다. 하지만 무난하게 해결했다. 둘은 사실 끝까지 이혼을 망설였다. 하지만 그들도 인간. 서로의 치부를 알게 되자 계산기를 두드리기 시작했다. 창규가 기름을 부었다. 공개되어서는 안 될 각자의 아킬레스건을 거론한 것이다. 그들은 결국 찢어지는 길을 택했다.

—성격 차이와 서로의 가치관 차이를 존중해 이혼하기로.

두 사람이 합심해 만든 이혼 성명이었다. 둘은 기자들 앞에서 웃었지만 30분 전까지만 해도 재산 분할 문제로 코피 터지던 상황이었다.

쾅!

기자회견 뒤에 둘은 합의이혼서에 도장을 찍었다. 수임료는 남자 쪽에서 챙겼다. 엉망으로 어질러진 거실을 나설 때 출가한 두 딸이 등장했다. 딸들은 엄마를 챙겨갔다. 기세등등하던 국회의원의 어깨가 늘어지는 순간이었다. 이때까지는 자기편인 줄 알았던 두 딸들. 알고 보니 아버지를 경멸하고 있었다. 이때까지는 신분과 권력을 앞세워 창규를 무시하던 국회의원. 그제야 한숨을 쉬며 창규를 지나갔다.

'수컷의 황혼이란…….'

다소 씁쓸한 기분은 43이란 숫자로 위로했다.

43건 완료.

이제 마지막 한 건의 의무 수임을 남긴 창규였다.

막 차에 오르려 할 때 사무장에게서 전화가 들어왔다.

"아, 사무장님."

"언제쯤 들어오실 건가요?"

"무슨 일이 있나요?"

"저번에 말씀드린 민권변 말이에요. 오늘 스케줄이 없다고 하셔서 약속을 잡았거든요. 그랬더니 벌써 와계세요."

"……."

창규는 할 말이 없었다. 국회의원과 총장 때문이었다. 각자의 품위 유지(?)를 위해 기자회견을 고집한 것. 창규까지 참석해야 한다고 해서 별수 없이 시간을 낸 창규였었다.

"어떻게 할까요? 벌써 두 번째인데……."

"들어가죠."

"알았습니다. 그럼 그렇게 전해놓을게요."

사무장이 전화를 끊었다.

부릉!

시동을 걸었다.

"안에 계세요?"

스타노모에 도착하기 무섭게 사무장의 손이 회의실을 가리켰다. 민권변의 변호사가 기다리고 있다는 것이다.

"흠흠."

창규는 목청을 가다듬고 회의실 문을 열었다.

"오래 기다리게 해드려서 죄송합니다."

창규가 먼저 인사를 했다. 안에 있는 변호사는 둘이었다. 두 사람이 명함을 내밀었다. 한 사람은 고덕호 변호사, 또 한 사람은 이백승 변호사였다. 이백승은 민권변에서도 신망과 함께 입지가 탄탄한 사람. 그런 사람들이 왔으니 인사치레는 아님이 분명했다.

"저 없을 때도 다녀가셨다고요? 미리 약속을 하시고 오면 좋았을걸요."

"허락도 없이 죄송합니다. 좀 어려운 부탁이 있어서요."

침묵하던 이백승이 말문을 트고 나섰다.

"말씀해 보시지요."

"혹시 세평육거리 박스 할머니 피살사건이라고 아십니까?"

"아, 알고 있습니다."

"실은 그 범인으로 잡혔던 청년이 지난주에 만기 출소를 했습니다."

"그래요?"

"저희가 기록을 보니 강 변호사님이 석계수 사건 재심에 성공하셨더군요?"

"예··· 운 좋게······."

“겸손하시군요. 저희가 재판 기록을 열람했는데 굉장한 변론을 펼치셨던데…….”

“그걸 보셨습니까?”

“솔직히 전율이 오더군요. 근래 가장 명변론이 아니었나 싶습니다. 조모가 들고 나온 석계수의 영정도 인상 깊었고요.”

“예…….”

창규는 가벼운 추임새로 응답했다. 민권변이라면 그쪽 사건도 많이 하는 사람들. 무슨 말을 하려고 석계수 건을 언급하는 것일까?

“솔직히 말씀드리겠습니다. 실은 제가 범인 주무학 씨를 좀 압니다. 얼마 전에 교도소 순회 상담을 갔다가 만났거든요. 그래서 이 친구가 출소하기 무섭게 저를 찾아왔습니다. 그때는 운만 떼더니 재심을 청구하고 싶다고 했습니다.”

“네…….”

“간단히 말하면 자신은 범인이 아니라는 겁니다. 석계수 건처럼 불법 감금에 구타, 협박이 이어지고 당시 선친과의 불화 때문에 아버지 엿 먹이려고 가짜 자백을 했다더군요.”

“…….”

“아버지가 시의원 출마자인데 어머니는 없고… 선친의 언행불일치 때문에 부자 간의 충돌이 잦았던 모양입니다.”

“…….”

“긴말은 차치하고… 해서 제가 변론을 맡아 재심 청구를 했습니다. 민권변에서는 제가 적임자였거든요.”

“…….”

“그런데… 제가 재심 준비 중에 건강검진을 받다가 위암 말기 판정을……”

“……!”

창규가 고개를 들었다. 위암 말기?

“그래도 약속이라 재심을 끝내고 치료에 전념할까 했는데 병원 측에서 당장 항암에 들어가야 한다고 하네요. 이 친구, 이제 혈혈단신이고 새 출발에 대한 의지도 있는데 이렇게 되면…….”

“…….”

“해서 다른 동료들을 물색하다가 마침 강 변호사님 생각이 나서…….”

“…….”

“이 소송은 민권변에서 소송 인지대 정도 주는 정도입니다. 염치없지만 저 대신 이 건을 맡아주시면 안 되겠습니까?”

“이 변호사님.”

“제가 강 변호사님 기사를 주로 쓴 도병찬 기자도 만나보았습니다. 강 변호사님 인품이 수임료 밝히는 사람이 아니라기에 염치를 무릅쓰고… 제가 이런저런 재심을 많이 도와줬지만 이 친구 사정이 정말 딱해서 말이죠. 게다가 이제 자포자기를 버리고 희망차게 살아보려는 젊은이입니다. 이런 사람 우리가 구제 안 하면 누가 구제하겠습니까?"

"……."

"이렇게 부탁드립니다."

이백승이 일어나 정중하게 허리를 숙였다. 함께 온 고덕호도 같이 허리를 숙였다.

—주무학.

—박스 할머니 살인사건.

—살인 당시 18살.

석계수 사건을 정리할 때 유사한 경우로 보았던 사건이었다. 그렇기에 기억에 남은 주무학. 그 사건이 이런 식으로 찾아오다니.

'운명이군.'

창규가 눈을 감았다. 쉬운 길로 가지 말라는 운명이다. 진짜 변호사의 길을 가라는 운명. 창규는 감았던 눈을 똑바로 떴다.

"이 변호사님."

창규가 천천히 입을 열었다.

"예."

"일 처리 모양새가 좋지 않군요."

"죄송합니다. 저도 위암인 줄 모르는 통에 일이 이렇게……."

"제 말은 그런 게 아닙니다."

"예?"

"제게 희망을 걸었다면 주무학 씨를 데리고 오셨어야죠? 당사자도 없는 상황에서 기 청구된 소송을 주고받아도 되는 겁니까?"

"……?"

이백승이 얼떨떨해 하는 사이에 창규의 목소리가 또렷하게 이어졌다.

"당장 주무학 씨 불러주세요. 그럼 제가 대타로 들어가겠습니다!"

주무학.

그는 20대 후반이 되어 있었다. 교도소에서 10년을 살고 나온 것이다. 인상은 그리 좋지 않았다. 얼굴만으로 본다면 불량기가 다분한 편이었다.

그게 취약이었다. 덕분에 형사대의 의심을 샀고, 몇 가지 공교로운 것들이 이어지며 범인으로 몰리고 만 것이다.

"그럼 부탁합니다."

이백승은 한 번 더 허리를 숙이고 스타노모를 떠났다. 항암

치료 예약 시간이 도래한 것이다.

"하고 싶은 얘기 있으면 해보세요."

주무학과 마주 앉은 창규가 말했다. 이제는 일범과 사무장도 가세한 상황이었다.

"없습니다. 이 변호사님이 자기보다 더 좋은 분이라고 하셨으니……."

주무학이 쑥스러운 듯 웃었다. 웃으니 달라졌다. 착한 구석이 숨겨진 얼굴이었다.

"사건 기록은 이 변호사님께 넘겨받았고… 필요하면 우리가 더 보충하면 되고… 우선 마음 편치 않겠지만 사건 당시 상황 좀 설명해 보세요."

창규가 커피를 내밀었다. 이럴 때는 음료나 담배가 약이 될 수 있었다.

"그게… 그때 저는 타투에 미쳐 있었어요. 그래서 고등학교도 다니는 둥 마는 둥 하면서 타투를 배우러 다녔어요. 학교에서는 문제아, 집에서는 내놓은 자식. 시비와 폭행 문제로 빽하면 경찰서에 가 있었으니 시의원이던 아버지와 마찰이 많았죠."

주무학의 설명이 시작되었다.

주무학은 아버지는 시의원 출신이었다. 딱 한 번이었다. 이후 세 번을 거푸 낙선했다. 한번 의원 맛을 본 그는 공천에 목을 매고 있었다.

아버지는 이중인격자에 쓰레기였다. 어린 주무학의 눈에는 그랬다. 특히 집 안에서는 인색한 권위주의자이자 독재자였다. 아버지는 어머니를 전근대적으로 대했다. 그러면서도 살림살이 하나하나까지 참견하는 좀팽이였다.

하지만 그 자신은 부정부패와 비리를 일삼으며 다른 여자들과 어울렸다. 말로는 선거운동을 위한 방편이라지만 주무학은 알고 있었다. 더러운 돈이 오가고 더러운 육체관계가 오갔다는 걸.

결국 상심한 어머니가 집을 나가 버렸다. 아버지는 어머니를 찾지 않았다. 오히려 실종 신고를 한 후에 이혼을 신청해 버렸다. 이후로 낯선 여자들을 자주 집으로 끌어들였다.

"아버지!"

어쩌다 주무학이 반발하면 바로 경고가 날아왔다.

"네가 뭘 알아? 공부나 해."

주무학은 아버지가 저주스러웠다. 저 주제에 시의원이 되겠다니? 시의원 다음에는 도지사가 되겠다니? 기가 막혀 말도 나오지 않았다.

그래도 아버지는 여전히, 남들 앞에서는 좋은 아버지처럼 굴었다. 그게 구역질이 났다. 아버지와는 밥도 같이 먹기 싫은 주무학이었다.

그러다 거리에서 타투를 알게 되었다. 보는 것만으로도 시름을 잊었다.

일본에서 타투를 배우고 왔다는 여자의 숍에서 심부름을 하며 타투를 배웠다. 하지만 우연인지, 그 여자도 행실이 좋지 않았다. 어떤 때는 타투하던 손님과 붙어먹었고, 또 어떤 때는 타투가 아니라 그 짓으로 돈을 벌었다.

두 달이 지나도 약속한 알바비를 주지 않았다. 학교가 끝난 후에, 혹은 학교까지 빼먹으며 열심이었던 주무학. 화가 나 그녀의 타투 도구 하나를 훔쳐 튀었다.

패스트푸드 배달을 하며 친구들에게 타투를 써먹었다. 친구의 친구들까지 실습 대상을 자처했다.

서당개 3년이라고 작은 타투 정도는 가능한 주무학이었다. 하지만 그는 알지 못했다. 그 타투 도구로 인해 살인 혐의를 쓰게 될 줄은.

사건이 일어난 날은 부슬비에 바람이 불던 날이었다. 대학기숙사에 햄버거 배달을 갔었다. 땅이 젖은 통에 속도를 내지 못했다. 그러다 세평육거리에서 갈래 치는 작은 골목으로 돌았을 때였다. 시선에 쓰러진 박스 더미가 보였다. 박스 줍는 할머니 것이었다.

그냥 지나쳤는데 할머니의 붉은 옷이 보였다. 집 나간 어머니를 마음에서 놓지 못하던 주무학. 오토바이를 세우고 박스

더미로 다가갔다.

"할……?"

할머니를 부축하려던 소년은 손에 묻어나는 끈적함에 등골이 오싹해졌다. 피였다. 피가 흰옷을 적셔 붉은색으로 보였던 것. 뒤로 엉금엉금 긴 소년은 119 구조대에 전화를 걸었다.

"여기 사람이 쓰러져 있어요. 빨리 와주세요."

구조대가 도착했다. 할머니는 이송 도중에 절명했다. 사망 원인은 자상에 의한 과다출혈. 최초 신고자는 주무학. 다음 날, 형사대가 패스트푸드점에 도착했다. 마침 주무학이 쉬는 날이기에 그들은 주무학의 거처로 달려갔다.

집을 나와 친구가 빌린 방에서 머물며 돼지비계에 타투 연습을 하던 주무학. 연습을 끝내고 알코올로 도구소독 겸 청소를 하다가 검거되었다. 혐의는 살인이었다.

증인은 없었다. 형사들은 살인의 증거로 두 가지를 내세웠다.

—자백과 타투 도구.

타투 도구에는 타투와 상관없는 긴 송곳도 포함되어 있었다. 주무학의 설명은 여기까지였다.

최초 신고자에서 살인 누명으로 반전.

주무학이 결백하다면 석계수보다도 더 억울할 일이었다.

"먼저 한 가지만 묻겠습니다."

창규가 확인에 들어갔다.

"네."

"주무학 씨는 정말 박스 할머니를 죽이지 않았죠?"

"네."

"그럼 타투 도구가 왜 증거물로 압수되었나요? 거기 혈흔 같은 거라도 있었나요?"

"혈흔 반응이 나왔다고 했습니다."

"피살된 할머니의 혈흔이라는 언급은 없습니다만……."

창규가 공판 기록을 보며 말했다.

"그게 제가 친구들 타투를 해줬었거든요. 배달하는 친구들도 여럿이었는데 원래 라이더들은 한두 달 일하고 그만두는 애들이 많아서 다 증명하지를 못했어요. 게다가 제가 마침 알코올로 기구를 소독한 후였는데 그게 증거인멸이라며……."

"오해의 소지가 있는 일이었군요. 여기 진술도… 이거 본인 진술 맞죠?"

창규가 밑줄 친 자료를 보여주었다.

—타투 기구를 왜 닦았나?

—피가 있을 수 있어서요. 그걸로 병 감염이 될 수 있거든요.

—그러니까 피를 없애기 위해 닦았군?

—네……?

―피를 없애기 위해 닦은 거 맞잖아? 인정하지?
―그건 인정해요.

형사들의 유도신문이었다. 소년은 다른 뜻으로 말했지만 형사들은 자백으로 포장했다. 열여덟 소년이 걸려들지 않을 수 없을 일이었다.

"좋아요. 그럼 자백 편으로 넘어갑시다. 공판 기록을 보면 경찰서에서 최초 범행 인정을 했어요. 하지만 1심 재판 과정에서 부정했죠?"

"예."

"그러다 항고심에서는 자백을 인정했네요?"

"그게 1심에서 워낙 세게 맞고 보니 형량을 낮추려면 자백을 인정하는 게 유리하다고 해서요."

"최초 자백은 왜 했습니까? 지금 주장하는 것처럼 경찰의 강압과 폭력 수사가 원인이었나요?"

"그것도 있긴 하지만……."

주무학이 말을 흐렸다. 뭔가 사연이 있는 눈치였다.

"권 변, 사무장님과 잠깐 나가 있어."

창규가 주변을 정리해 주었다. 그제야 주무학이 말을 이어 놓았다.

"실은 우리 아버지 엿 먹이려고 자백했던 겁니다. 그게 이렇게 큰 결과를 나을 줄 몰랐죠."

"아버지를 엿 먹여요?"

"제가 구속되자 면회를 왔었거든요. 보자마자 악을 쓰세요. 자기 얼굴에 똥칠하고 다닌다고. 저 때문에 이제 자기 신세도 망쳤다고… 제 걱정 때문에 온 게 아니라 자기 시의원 공천 때문에 왔더라고요. 가라고 했어요. 아버지 같은 거 필요 없다고. 살인은 하지 않았지만 아버지의 잘난 이중성은 정말 망쳐 버리고 싶었어요."

"……"

"그래서 거짓 자백을 해버렸습니다. 할머니가 돈이 많다는 소문을 들어서 유흥비로 쓰려고 타투 도구와 송곳으로 마구 찔러 죽였다고. 그리고 증거를 없애려고 알코올로 도구를 닦았다고."

"피살자 할머니가 돈이 많다는 건 어디서 나온 얘기였죠?"

"김경환 형사에게 들었어요."

"김경환 형사?"

"저 족치던 악마 새끼인데 나중에 생각하니 시나리오 다 짜 놓고 저한테 진술과 자백을 강요한 거더라고요. 돈 많은 할머니에 유흥비, 송곳과 타투 도구로 찔렀다는 것도 그 인간이 코치한 거예요."

"알코올로 타투 도구를 닦은 부분은요?"

"그건… 저는 증거를 없애려고 알코올을 쓴 게 아니고 타투 도구를 아끼기 때문에 닦았던 거예요. 그건 그냥 제 일상이었다고요."

"아버지가 변호사를 붙여주지 않았었나요?"

"그 인간은 자기 일에 바빴죠. 높은 분들 찾아다니며 제 사건을 설명하느라고요. 아들보다는 공천에 목숨을 걸고 있었으니까요."

"붙여주지 않았다?"

"나중에 한 사람 오긴 했었어요. 알고 보니 그 사람은 푼돈 받고 동원된 패소 전문 변호사라고 하더군요. 아버지 체면에 변호사는 대줘야겠고, 보아하니 무죄 나올 것 같지는 않고……."

패소 전문.

자기 말을 하는 것 같아 창규 가슴이 뜨끔해졌다.

"아까 그 형사에 대해 자세히 말해보세요. 가혹 행위나 폭력 같은 거……."

창규가 분위기를 돌렸다.

"그 새끼……."

주무학의 목소리가 떨렸다. 피 맺힌 한이 남은 표정이었다.

그때 주무학의 아킬레스건은 타투와 아버지였다. 그는 여러 또래에게 타투를 해주었다. 그중에 유란이 있었다. 그녀는 공부를 잘했다. 집안 분위기도 좋았다. 하지만 그녀 역시 호기심 많은 청소년. 등에 예쁜 장미 타투를 새기고 싶어 했다. 유란을 좋아하던 주무학. 그녀 소원을 들어주었다. 덕분에 그녀와 첫 경험을 하는 기쁨도 누렸다.

"절대 비밀이야."

그녀가 다짐을 놓았다.

"불법 문신이라… 널 거쳐 간 연놈들 다 불어라."

김경환이 그 아킬레스건을 잡아당겼다. 그는 말끝마다 결재판으로 머리를 쳤다. 따귀를 때리고 명치를 조진 적도 있었다. 그는 진단이 나오지 않는 급소를 알고 있었다. 맞을 때마다 창자가 끊어질 것 같은 고통과 함께 위액이 넘어왔다.

타투에 관한 건 말할 수 없었다. 유란이 때문에 그랬다. 그녀의 아버지는 굉장한 공기업의 임원이고 어머니는 외교부의 서기관이었다. 그런 마당에 유란이 등짝에 장미를 새긴 게 밝혀지면 유란이가 자살을 할지도 몰랐다.

다음은 아버지.

김경환은 처음에는 아버지를 조심스러워했다. 한 번에 불과하지만 시의원 경력을 가진 부친을 둔 까닭이었다.

"이봐. 훌륭한 아버지를 둔 사람이 그러면 돼? 깨끗하게 불라고. 그럼 좋은 쪽으로 해결해 줄 테니까."

훌륭한 아버지.

그게 맛탱이가 가는 계기가 되었다. 누가 훌륭하단 말인가?

"우리 아버지가 훌륭해요?"

결국 폭발하고 마는 주무학.

"그 인간 불법과 비리, 불륜 덩어리라고요. 나 족칠 시간에 그 인간이나 구속하세요. 훌륭하긴 개뿔."

김경환의 눈빛이 변했다. 그는 게슴츠레한 표정을 지으며 어린 주무학을 구슬렀다.

"그래? 그럼 자세히 말해봐. 뭐가 불법이고 뭐가 불륜인지."

그 또한 유도신문이었다. 하지만 아버지의 이중성에 분노한 주무학은 아는 대로 다 발설을 했다. 그날 김경환은 개를 닮은 미소를 지었다.

이후로 가혹 행위가 눈에 띄게 심해졌다. 김경환 형사, 이 집안이 콩가루인 것을 안 것이다. 게다가 그는 이제 주무학을 함부로 다뤄도 될 약점을 쥐고 있었다. 바로 아버지의 비리와 불륜 사실이었다.

그는 그 방면으로 노련했다. 자장면을 시켜준다며 식초를 잔뜩 뿌린 단무지 물을 사타구니에 부었고 땀을 닦아준다며 고춧가루 묻힌 냅킨으로 눈을 닦기도 했다.

큰 표시가 나지 않으면서도 치명적인 고통이자 폭력을 즐기는 쓰레기였다.

"그놈은 처음부터 저를 범인으로 단정하고 있었어요. 그래서 시나리오까지 갖춰놓고 진술을 맞춰간 겁니다."

"다른 형사들은요?"

"처음에는 수사 방향이 다각도였던 것 같았어요. 하지만 김경환이 워낙 불뚝거리니까 다들 빠지더라고요. 김경환은 반장에게 그런 말을 했어요. 저놈이 범인 맞다고. 자기 목을 걸겠다고."

"……."

"그놈은 경찰이 아니에요. 누명 씌우는 기계죠. 빵에 갔더니 그놈에게 당한 사람이 둘이나 더 있더라고요. 한 사람은 성폭행 누명을 썼고, 또 한 사람은 일방적으로 맞고도 폭행죄로 들어왔대요. 술에 취했었는데 깨어나 보니 그렇게 정리가 되었다는 거예요."

"이제 자백으로 가보죠."

"그건 아버지 때문이기도 하지만 그놈이 저를 속인 거예요. 자기들은 어차피 위에서 시키는 대로 하는 거라 힘이 없으니 여기서 대충 자백하고 검찰에 가서 재수사를 받으라고 하더군요. 검사들은 힘도 있고 결정권이 있으니 알아서 억울한 점을 참작해 줄 거라고… 지금 생각하면 정말… 개자식!"

주무학의 감정이 폭발했다. 그럴 만도 했다. 실로 아찔한 일이었다. 한 개인에 국한되는 일이라지만 현장 수사를 맡은 형사의 자질이 그 정도라니…….

"그 뒤로 아버지는 돌아가셨고?"

"예……."

"알았습니다. 비상 연락처 남겨주시고 일단 귀가하세요."

창규가 마무리를 했다. 주무학이 고백하는 사이에 교차 체크에 나섰던 쌍식귀들. 주무학의 말에는 한 치의 거짓말도 없었다.

"꼭 부탁드립니다. 변호사님."

주무학은 그 자리에서 큰절을 올렸다. 놀란 창규가 일어나 절을 말렸다. 불량해 보이는 얼굴 속에서 순박한 눈동자가 흔들렸다. 단 한 건의 혼귀 의무 수임을 남기고 민권변과 이렇게 연결되는 창규였다.

6일.

주무학의 첫 공판은 6일 후였다. 이백승에게서 진행 서류를 넘겨받았지만 그것만 참고할 수 없었다.

스타일 때문이다. 이백승은 그의 스타일에 맞춰 수사 기록을 모았다. 그건 창규와 방향이 달랐다. 그렇기에 사무장과 일범이 가세하는 수밖에 없었다.

재심 청구가 가능한 건 새로운 사실의 등장 때문이었다. 때늦게 진범에 대한 신고가 들어온 것. 여기까지는 어찌 보면 석계수 사건과 비슷하게 흘러갔다. 하긴 재심이라는 게 그랬다.

나중에 드러나는 새로운 사실. 그로 하여 청구의 가치가 있다고 판단되면 법원은 재심을 받아들인다. 그렇기에 재심 청구 사건들은 일견 비슷한 수순을 밟는 경우가 많았다.

이 경우의 진범 용의자 홍상표 역시 검찰에서 증거 불충분으로 풀어주었다. 용의자의 동료에 의하면 용의자는 그날 피 묻은 옷과 운동화를 신고 돌아왔다고 했다. 유기견이 덤벼들어 벽돌로 찍었다지만 느낌이 이상했다고 했다. 그때 그들이 살던 집 역시 범행 현장에서 15분 거리, 박스 할머니가 피살당한 시간대였다.

하지만 이미 10여 년이 지난 일. 이사까지 한 용의자의 집에서는 아무것도 나오지 않았다. 게다가 전과도 없었다. 검찰은 증거가 부족하다는 이유를 들어 용의자를 기소하지 않았다.

창규는 세평육거리 현장으로 나갔다. 사무실에서 한 시간 거리였다. 경기도에 속하지만 서울과 인접한 곳. 그럼에도 이렇게 오밀조밀한 육거리가 있다는 사실이 놀라웠다.

세평육거리.

10년 전에 비해 변한 게 없었다. 말이 육거리지 작은 네 거리에 갈라지는 골목길이 두 개 붙은 길이었다. 그중 한 골목길에서 사건이 터졌다. 도로의 상점에서 박스를 모으고 자신의 집이 있는 골목으로 접어들던 할머니. 비바람이 부는 날에

도 박스를 주우러 온 할머니가 무슨 숨겨진 부자일까?

현장을 살펴보는 동안 미혜에게 전화가 왔다.

"변호사님, 사무장님 연락인데 용의자였다는 홍상표 씨 신원이 나왔대요."

"오케이. 지금 주소부터 좀 쏴줄래?"

"알겠습니다."

미혜는 신속했다. 통화가 끊기기 무섭게 주소가 들어온 것. 새로 이사를 했다지만 그리 멀지 않았다. 창규는 네비게이션이 목적지로 가리키는 골목에서 차를 멈췄다.

홍상표.

그가 사는 곳은 연립의 1층이었다. 붉은 벽돌로 된 벽으로 보아 지은 지 20여 년은 된 집. 평수가 작은 것으로 보아 넉넉한 형편은 아닌 것 같았다. 우편함에서 그의 존재를 확인했다. 카드 회사에서 온 우편물이 있었다.

그의 집을 바라볼 때 카톡이 들어왔다. 이번에도 미혜였다. 홍상표의 사진이 따라왔다. 화면을 열고 사진을 확대하려는 순간, 홍상표의 철문이 덜컥 열렸다. 그리고 창규와 홍상표의 눈이 마주쳐 버렸다.

"……!"

창규의 시선이 멈췄다. 40대 후반의 남자. 화면 속의 남자가 거기 서 있었다.

창규는 시치미를 떼고 2층 계단 쪽으로 걸었다. 홍상표는 잠시 창규를 바라보더니 밖으로 나왔다. 3층 계단참에서 그를 바라보았다. 그는 어슬렁 가게를 향해 걸었다. 그는 맥주 두 캔과 마른 오징어를 들고 나왔다. 가게 앞의 낡은 테이블에 앉았다. 아주 익숙한 모습이었다.

꼴꼴꼴.

맥주를 따르는 사이에 창규도 가게 안으로 들어갔다. 물건을 고르는 척하며 그를 주시했다. 홍상표, 그가 범인일까? 그의 섭취물들은 확실한 증거를 리딩하게 해줄까? 창규는 쌍식귀를 동원했다. 홍상표가 진범이라면… 그 증거를 찾을 수 있다면… 주무학의 재심은 간단하게 끝날 수도 있었다.

[박스 할머니]

사건이 일어난 10년 전, 그날의 섭취물을 체크했다. 아침은 물 한 잔이 전부였다. 이후 12시가 되기 전에 라면 두 개를 먹었다. 소주 한 병도 함께 들어왔다. 사건이 일어나기 1시간 전, 홍상표는 또 소주를 먹었다. 안주는 싸구려 소시지였다. 소시지를 먹는 장면에 송곳이 보였다. 굉장히 길었다.

'역시 이놈이…….'

창규는 등골이 오싹해지는 걸 느꼈다. 술김에, 송곳으로 찌른 모양이었다. 살짝 취한 홍상표가 어두운 인도로 나왔다. 저만치 뒤뚱거리는 박스 카트가 보였다. 주변을 둘러본 홍상표가 박스 뒤를 따르기 시작했다.

골목 앞, 홍상표가 박스 할머니에게 다가섰다. 살해당한 그 할머니였다. 홍상표가 뭐라고 말을 건넨다. 홍상표는 할머니의 손을 붙잡는 척하더니 반지를 뽑았다. 그런 다음 할머니를 밀치고 골목을 향해 뛰었다.

"야, 이놈아!"

쓰러진 할머니가 악을 썼다. 졸지에 반지를 강탈당한 황당함이었다.

"……!"

황당함은 창규에게도 있었다. 홍상표는 박스 할머니 살해범이 아니었다. 그는 금반지를 강탈해 간 강도일 뿐이었다. 게다가 육거리도 아니었다. 홍상표가 반지를 강탈한 곳은 세평 육거리 직전의 네 거리였다. 대충 요건이 되는 것 같지만 따져보면 하나도 맞지 않는 퍼즐. 검사가 기소하지 않은 것도 이해가 되었다. 창규의 맥이 탁 풀렸다.

이렇게 되면 어려워진다. 경찰이나 검사가 찾아내지 못한 증거가 나오지 않는다면 주무학의 결백 입증도 함께 어려워질 일이었다.

식귀1은 그사이에도 달리고 있었다. 캔 맥주가 나왔다. 안

전거리로 피한 홍상표가 편의점에서 캔 맥주를 사서 빠는 장면이었다. 그는 단숨에 맥주를 넘겼다. 할머니를 상대로 한 범행이지만 긴장은 되었던 모양이었다.

아직도 부슬거리는 비. 홍상표는 길을 걸었다. 긴장이 풀리며 콧노래가 나왔다. 바로 그때였다. 먹다 남은 사과 꼭지가 날아와 홍상표의 등을 맞췄다.

"……?"

뒤 돌아본 홍상표의 눈이 쏟아질 듯 둥그레졌다. 아까 그 박스 할머니였다.

'씨발!'

홍상표의 얼굴이 일그러지는 게 보였다.

"너지? 내 금반지 빼간 놈. 그거 어여 안 내놔?"

할머니가 홍상표의 팔을 잡고 늘어졌다.

"이거 왜 이래요?"

홍상표가 팔을 뿌리쳤다. 그런 다음 골목으로 뛰었다.

"야, 이 나쁜 놈아. 니 얼굴 다 봤어. 경찰에 신고할 거야."

할머니는 주저앉은 채 소리를 질렀다.

—경찰에 신고할 거야.

홍상표의 귀에 그 말이 밟혔다. 할머니가 자기 얼굴을 보았다. 늙었지만 떨떨해 보이지도 않았다. 홍상표는 불안해지기 시작했다. 지금까지 상당수 할머니들은 그저 주저앉아 아이고

데이고 하기 바빴다. 그런데 이 할망구는 달랐다. 자기를 찾아 헤맨 것이다.

'젠장!'

송곳을 쥔 홍상표의 손에 힘이 들어갔다.

『승소머신 강변호사』 7권에 계속…